Bianca™

Melanie Milburne

Secretos en el corazón

Editado por HARLEQUIN IBÉRICA, S.A.
Núñez de Balboa, 56
28001 Madrid

SECRETOS EN EL CORAZÓN, N.º 2213 - 27.2.13
Título original: Surrending All But Her Heart
Publicada originalmente por Mills & Boon®, Ltd., Londres.

I.S.B.N.: 978-84-687-2408-9
Depósito legal: M-39392-2012
Editor responsable: Luis Pugni
Fotomecánica: M.T. Color & Diseño, S.L. Las Rozas (Madrid)
Impresión en Black print CPI (Barcelona)
Fecha impresion para Argentina: 26.8.13
Distribuidor exclusivo para España: LOGISTA
Distribuidor para México: CODIPLYRSA
Distribuidores para Argentina: interior, BERTRAN, S.A.C. Vélez Sársfield, 1950. Cap. Fed./ Buenos Aires y Gran Buenos Aires, VACCARO SÁNCHEZ y Cía, S.A.

Capítulo 1

DEBERÍAS ir a verlo.

Natalie todavía podía oír la desesperación y la súplica en la voz de su madre mientras llamaba el ascensor que llevaba al elegante despacho que Angelo Bellandini tenía en Londres. No conseguía sacarse aquellas palabras de la cabeza. La habían mantenido despierta casi durante las últimas cuarenta y ocho horas. La habían acompañado como su enorme maleta en el tren que la había llevado desde Edimburgo. Le habían seguido los pasos hasta que se habían convertido en un aturdidor mantra en su cabeza.

No era que no lo hubiese visto en los últimos cinco años. Casi todos los periódicos y blogs de Internet tenían una fotografía o información acerca del playboy y heredero de la fortuna de los Bellandini. La ajetreada vida de Angelo Bellandini era el tema de discusión de muchos foros *online*. Su enorme riqueza, de la que solo la mitad era heredada y la otra mitad la había conseguido trabajando muy duro, lo convertía en una persona muy conocida.

Y ella tenía que ir a verlo por culpa del díscolo de su hermano pequeño y de sus locuras.

Sintió un escalofrío al entrar en el ascensor de cristal y cromo, y la mano le tembló ligeramente al apretar el botón.

¿Accedería Angelo a recibirla, después de cómo había salido de su vida cinco años antes? ¿La odiaría tanto como había llegado a quererla? ¿Brillarían sus ojos con rencor, en vez de haber en ellos la pasión y el deseo de otro tiempo?

Se le encogió el estómago al salir del ascensor y acercarse a la zona de recepción. Había crecido en un ambiente de riqueza, por lo que no debía sentirse intimidada con tanta elegancia, pero cuando había conocido a Angelo no había sabido cuál era el alcance de su fortuna familiar. Para ella había sido solo un italiano guapo y trabajador que estaba haciendo un máster en Administración y Dirección de Empresas. Angelo había hecho todo lo posible por ocultar su procedencia, pero ¿quién era ella para recriminárselo, si había hecho exactamente lo mismo?

–Me temo que el *signor* Bellandini no está disponible en estos momentos –le dijo la recepcionista en tono profesional cuando Natalie pidió verlo–. ¿Quiere que le dé una cita para otro día?

Natalie miró a la mujer, que parecía una modelo, rubia, con los ojos azules, y notó cómo se le caía la autoestima a los pies. Aunque se había retocado el pintalabios en el ascensor y se había pasado los dedos por la lacia melena castaña, su aspecto no era nada profesional. Era consciente de que tenía la ropa arrugada y muy mala cara después de haberse pasado la noche sin dormir. Siempre le ocurría lo mismo por aquella época del año, siempre, desde que tenía siete años.

Puso los hombros rectos y se armó de resolución. No se iba a marchar de allí sin ver a Angelo, aunque tuviese que esperar todo el día.

–Dígale al *signor* Bellandini que solo voy a estar en Londres veinticuatro horas –insistió, dejando encima del mostrador su tarjeta profesional y la tarjeta del hotel que había reservado para esa noche–. Puede localizarme en mi teléfono móvil o en el hotel.

La recepcionista miró las tarjetas y levantó la vista.

–¿Es usted Natalie Armitage? –preguntó–. ¿La Natalie Armitage de Natalie Armitage Interiors?

–Pues... sí.

La recepcionista sonrió encantada.

–Tengo sábanas y toallas suyas –comentó–. Me encantó su última colección. Gracias a mí, ahora todas mis amigas tienen cosas suyas. Son tan femeninas y frescas. Tan originales.

–Gracias –respondió Natalie, sonriendo con educación.

La recepcionista se inclinó hacia el intercomunicador.

–¿*Signor* Bellandini? –dijo–. Ha venido a verlo la señorita Natalie Armitage. ¿Quiere que la haga pasar antes de que llegue su siguiente cliente o le reservo una cita para esta tarde?

A Natalie se le detuvo el corazón hasta que oyó

su voz. ¿Le sorprendería que hubiese ido a verlo en persona? ¿O le molestaría? ¿Lo enfadaría?

–No –respondió él con su profunda y sensual voz–. La veré ahora.

La recepcionista la acompañó por un enorme pasillo y sonrió al llegar a una puerta en la que había un placa de metal con el nombre de Angelo.

–Tiene mucha suerte –comentó en voz baja–. Normalmente no recibe a nadie sin cita previa. Casi todo el mundo tiene que esperar semanas para verlo.

Luego le guiñó un ojo.

–¿Tal vez quiera meterse entre sus sábanas?

Natalie sonrió débilmente y pasó por la puerta que la recepcionista acababa de abrir. Sus ojos fueron directos adonde Angelo estaba sentado, detrás de un escritorio de caoba que estaba encima de una alfombra del tamaño de un campo de fútbol, y la puerta se cerró tras de ella, haciendo un ruido que le recordó a la puerta de una cárcel.

Se le hizo un nudo en la garganta, que intentó deshacer tragando saliva, pero se sintió como si tuviese clavada una espina de pescado.

Angelo estaba tan guapo como siempre, tal vez más. Su rostro casi no había cambiado, aunque las líneas que se le formaban alrededor de la boca al sonreír eran algo más profundas. Llevaba el pelo moreno más corto que cinco años antes, pero todavía se le ondulaba contra el cuello de la camisa de vestir azul clara que llevaba puesta. Iba afeitado, pero siempre tenía una sombra oscura en el rostro. Sus pestañas oscuras y espesas seguían siendo las de siempre.

Se puso de pie, pero Natalie no supo si lo hacía por educación o para intimidarla. Era muy alto y, a pesar de que ella llevaba tacones, tuvo que torcer el cuello para mantener el contacto visual.

Se humedeció los labios con la punta de la lengua. Tenía que mantener la calma. Se había pasado la mayor parte de su vida controlando sus emociones y aquel no era el mejor momento para demostrar lo preocupada que estaba por su hermano. Angelo se daría cuenta y se aprovecharía de ello. Solo tenía que pagar por los daños causados por Lachlan y salir de allí.

–Gracias por recibirme –le dijo–. Sé que estás muy ocupado, así que no te robaré mucho tiempo.

Sus increíbles ojos oscuros la miraron fijamente mientras Angelo apretaba el botón del intercomunicador.

–Fiona, pospón todos mis compromisos una hora –dijo–. Y no me pases llamadas. No quiero que se me moleste bajo ningún concepto.

–Entendido.

–No es necesario que interrumpas tu apretada agenda... –le dijo Natalie.

–Por supuesto que sí –respondió él, sin apartar la vista de sus ojos–. Lo que ha hecho tu hermano en una de las habitaciones de mi hotel de Roma es un delito.

–Sí –admitió ella, tragando saliva otra vez–. Lo sé. Está pasando por un momento muy duro y...

Él arqueó una ceja.

–¿Por un momento muy duro? –inquirió–. ¿Qué le ha pasado? ¿Papá le ha requisado el Porsche o le ha quitado la paga?

Natalie apretó los labios para contener sus emociones. ¿Cómo se atrevía Angelo a burlarse así de su hermano? Lachlan era como una bomba de relojería. Y ella era la única que podía evitar que se autodestruyese.

–Es solo un chico –empezó–. Acaba de terminar el colegio y...

–Tiene dieciocho años –la interrumpió Angelo en tono enfadado–. Es lo suficientemente mayor para votar y, en mi opinión, lo suficientemente mayor para asumir las consecuencias de sus actos. Él y los borrachos de sus amigos han causado unos destrozos de más de cien mil libras en uno de mis hoteles más prestigiosos.

A Natalie se le encogió el estómago y se preguntó si Angelo estaría exagerando. Tal y como se lo había contado su madre, había pensado que solo habían manchado una alfombra y habían estropeado un par de muebles, que, como mucho, habría que pintar una de las paredes.

¿En qué habría estado pensando su hermano para hacer semejante locura?

–Estoy dispuesta a pagarte por los daños, pero antes me gustaría verlos en persona –le respondió, levantando la barbilla.

Él la retó con la mirada.

–Así que estás dispuesta a pagar la cuenta personalmente, ¿verdad?

Y ella mantuvo la mirada, aunque le estuviese ardiendo el estómago.

–Dentro de lo que sea razonable.

Angelo sonrió.

–No tienes ni idea de dónde te estás metiendo –le advirtió–. ¿Sabes lo que hace tu hermano cuando sale por las noches con sus amigos?

Natalie lo sabía, y por ese motivo llevaba varios meses durmiendo mal por las noches. Sabía cuál era el motivo por el que Lachlan se estaba comportando así, pero poco podía hacer para impedírselo. Lachlan había reemplazado a Liam después de su muerte, lo habían tratado como la reencarnación del hijo perdido. Desde niño, se había visto obligado a vivir la vida de Liam. Todos los sueños y esperanzas que sus padres habían tenido con Liam, le habían sido traspasados a Lachlan y, últimamente, ya no soportaba más la presión. Y a Natalie le daba miedo que un día no volviese, o que lo presionasen demasiado.

Ya se sentía culpable de una muerte. No podría soportar otra más.

–¿Cómo sabes que Lachlan es responsable de los daños? –preguntó–. ¿Cómo sabes que no fue uno de sus amigos?

Angelo la fulminó con la mirada.

–La habitación estaba a su nombre –dijo–. Presentó su tarjeta de crédito en recepción. Es legalmente responsable, aunque se hubiese limitado a cambiar un cojín de sitio.

Natalie sospechaba que su hermano había hecho mucho más que cambiar los cojines de sitio. Ya lo había visto más de una vez bebido y sabía que el alcohol despertaba en él una ira tan aterradora como repentina. Y, no obstante, un par de horas después no se acordaba de nada de lo que había hecho ni dicho.

Hasta el momento, se había librado de que lo condenasen, pero solo porque su rico y poderoso padre le había pedido el favor a las autoridades.

Pero eso había sido allí, en Gran Bretaña.

En esos momentos Lachlan estaba a merced de las autoridades italianas, por eso había ido ella a Londres, para suplicarle a Angelo en su nombre. De todos los hoteles que había en Roma, ¿por qué había tenido que alojarse en el de Angelo Bellandini?

Natalie abrió el bolso y sacó la chequera mientras suspiraba con resignación.

–Está bien –dijo, buscando un bolígrafo–. Confiaré en tu palabra y pagaré los daños.

Angelo dejó escapar una carcajada.

–¿Crees que me voy a olvidar de esto solo con que firmes un cheque? –le preguntó.

Ella intentó que no se le notase que volvía a tragar saliva.

–¿Quieres más de cien mil libras? –inquirió con voz demasiado tensa.

Él la miró a los ojos y el silencio se llenó de una palpable tensión. Natalie la notó subiendo por su espina dorsal, vértebra a vértebra. La notó en su piel, que se le puso de gallina. Y la notó también... entre los muslos, como si Angelo hubiese bajado la mano y la hubiese acariciado allí con sus habilidosos dedos.

Angelo no dijo nada. No hacía falta. Natalie sabía lo que quería decir con aquella mirada burlona. El dinero le daba igual. No era eso lo que quería. El dinero le sobraba.

Sabía muy bien lo que quería. Lo había sabido nada más entrar en su despacho y cruzar la mirada con él.

La quería a ella.

–Lo tomas o lo dejas –le dijo, dejando el cheque encima de la mesa, entre ambos.

Él tomó el cheque y lo empezó a romper muy despacio, para dejar el escritorio lleno de confeti, y todo ello sin apartar la vista de la suya.

–En cuanto salgas de aquí pediré a las autoridades romanas que presenten cargos –dijo–. Tu hermano irá a la cárcel. Me aseguraré personalmente de ello.

A Natalie se le aceleró tanto el corazón que pensó que se le iba a salir del pecho. ¿Cuánto duraría su hermano en una prisión extranjera?

Lo meterían con asesinos, ladrones y violadores. Y podrían pasar años antes de que lo juzgasen. Era solo un niño. Se había comportado mal, sí, pero en realidad no era culpa suya. Necesitaba ayuda, no ir a la cárcel.

–¿Por qué estás haciendo esto? –le preguntó a Angelo.

Él sonrió de medio lado.

–¿No lo adivinas, *mia piccola*?

Ella tomó aire.

–¿No te parece que estás llevando demasiado lejos tu venganza? Lo que ocurrió entre nosotros fue entre nosotros. No tiene nada que ver con mi hermano.

«Solo tiene que ver conmigo», pensó.

A él le brillaron los ojos peligrosamente y dejó de sonreír.

–¿Por qué lo hiciste? –inquirió–. ¿Por qué me dejaste por un hombre al que conociste en un bar, como una fulana barata?

Natalie no pudo seguir mirándolo a los ojos. No era una mentira de la que estuviese orgullosa, pero había sido la única manera de conseguir que Angelo la dejase marchar. Se había enamorado de ella. Le había hablado de matrimonio y de bebés. Ya le había comprado un anillo de compromiso. Natalie lo había encontrado al guardar unos calcetines en un cajón. Había visto el diamante, que le había recordado todo lo que quería y jamás podría tener.

Y había sentido pánico.

–No estaba enamorada de ti –le dijo, eso era casi verdad.

Había aprendido a no amar. A no sentir. A no depender de emociones que no podía controlar.

Si amabas, te perdías.

Si te involucrabas, sufrías.

Si abrías tu corazón a alguien, te lo podían arrancar del pecho cuando menos lo esperases.

Desde el punto de vista físico... había sido diferente. Se había permitido perder el control. Aunque, en realidad, no había tenido elección. Angelo se había ocupado de ello. Había dominado su cuerpo desde el primer beso. Y tal vez fuese capaz de controlar las emociones, pero, físicamente, no podía olvidarlo por mucho que lo intentase.

–Entonces, ¿fue solo sexo? –le preguntó él.

Natalie se obligó a mirarlo a los ojos y después deseó no haberlo hecho.

–Solo tenía veintiún años –le dijo, apartando la vista otra vez–. Por aquel entonces no sabía lo que quería.

–¿Y ahora ya lo sabes?

Ella se mordió la boca por dentro.

–Sé lo que no quiero.

–¿Y qué es lo que no quieres?

Natalie volvió a mirarlo a los ojos.

–¿Por qué no vamos directos al grano? He venido a pagar por los daños ocasionados por mi hermano. Si no aceptas mi dinero, ¿qué quieres?

Era una pregunta peligrosa y Natalie se dio cuenta nada más formularla.

A Angelo le brillaron los ojos.

–¿Por qué no te sientas y lo discutimos? –le sugirió, señalando una sillón.

Natalie se hundió en él, aliviada. Le temblaban

las piernas y tenía el corazón acelerado. Vio levantarse a Angelo, rodear el escritorio y sentarse. Para ser tan alto se movía con mucha elegancia. Era delgado y fibroso, y su piel aceitunada resaltaba todavía más con el color azul claro de la camisa. En el pasado solo lo había visto vestido de manera informal, o desnudo.

Con un traje de diseño era el magnate hostelero e inmobiliario, intocable, distante, controlado. Las manos de Natalie habían trazado todas las curvas de aquel cuerpo. Todavía recordaba el sabor salado de su piel. Todavía recordaba su olor a almizcle y a limón, que se le quedaba pegado a la piel hasta varias horas después de haber hecho el amor. Y recordaba cómo él había acariciado su cuerpo, como un maestro con un instrumento difícil que nadie más pudiese tocar.

Se dio una bofetada mental y se sentó más recta en el sillón. Se cruzó de brazos y de piernas y lo miró fijamente.

Él se puso cómodo en su sillón.

–He oído que hoy en día cualquiera duerme entre tus sábanas –le dijo.

–Tú no –respondió ella en tono frío.

Él hizo una mueca, como divertido.

–Todavía no –la corrigió.

A Natalie se le encogió el corazón con el recuerdo de un deseo pasado. Luchó para contenerlo, pero supo que su cuerpo había respondido nada más entrar en aquel despacho. Angelo siempre había tenido ese poder sobre ella. Le bastaba con mirarla, con rozarla, con decirle una palabra para que se derritiese.

Pero no podía permitirse ceder a anhelos del pasado. Tenía que ser fuerte para superar aquello. El futuro de Lachlan dependía de ella. Si aquel último delito se filtraba a la prensa, le arruinarían la vida. Quería ir a Harvard después de aquel año sabático y tener antecedentes penales lo estropearía todo.

Su padre lo crucificaría. Los crucificaría a los dos.

Natalie se sintió culpable. Se preguntó si su hermano sabía algo de la relación que había tenido con Angelo. Si había hecho algo que le hubiese permitido pensar que Angelo era la causa de su nula vida amorosa. ¿Cómo podía haber atado cabos? Nunca había compartido sus sentimientos e incluso había salido con un par de hombres en aquel tiempo.

Aunque después había decidido que estaba mejor sola.

–Sé que estás muy molesto con lo que mi hermano ha hecho –le dijo–, pero te suplico que no presentes cargos contra él.

Él volvió a arquear una ceja.

–A ver si lo he entendido bien –dijo–. ¿Me estás suplicando?

Natalie apretó los labios un momento para intentar controlar sus emociones.

–Te estoy pidiendo indulgencia.

–Te estás humillando.

Ella volvió a poner los hombros rectos.

–Te estoy pidiendo que retires los cargos –le dijo–.

Yo haré frente a todos los gastos, o te daré el doble, si insistes.

–Quieres terminar con esto antes de que se filtre a la prensa, ¿verdad?

Natalie tuvo la esperanza de que no se le notase que estaba sintiendo pánico. Había aprendido a ocultar sus sentimientos desde niña. Era su manera de protegerse.

Pero Angelo era un hombre inteligente.

–Por supuesto –le respondió–. ¿Tú no? ¿Qué pensará la gente de la seguridad de tu hotel si cualquier cliente puede causar los daños que mi hermano ha causado? Tus hoteles son los mejores del mercado, supongo que tampoco quieres publicidad negativa.

–Tengo motivos para creer que tu hermano escogió mi hotel a propósito.

A Natalie se le hizo un nudo en el estómago al oír aquello.

–¿Qué te hace pensar eso?

Angelo abrió un cajón que había a su izquierda, sacó una hoja de papel y se la tendió. Ella la tomó con mano poco firme. Era un fax de una nota que le habían enviado a Angelo, la letra era de su hermano y decía: *Esto es por mi hermana.*

Natalie tragó saliva y le devolvió el papel.

–No sé qué decir... Nunca le he hablado a Lachlan de... nosotros. Solo tenía trece años cuando estuvimos juntos. Él estaba en el internado cuando tú y yo compartimos piso en Notting Hill. No llegó a conocerte.

Ni él, ni nadie más de su familia. Natalie no había querido exponer a Angelo a la escandalosa intolerancia de su padre ni a la asquerosa sumisión de su madre.

–Has debido de decirle algo –comentó Angelo–. ¿Por qué si no iba a escribir esto?

Natalie se mordió el labio inferior. No le había contado a nadie que había tenido una breve e intensa relación con Angelo porque había querido centrarse en su carrera. Ni siquiera su mejor amiga, Isabel Astonberry, sabía lo mucho que la había afectado la ruptura con Angelo. Le había dicho a todo el mundo que tenía ansiedad. Y hasta el médico la había creído. Eso había explicado su rápida pérdida de peso, el nerviosismo y las noches en vela. Casi había conseguido convencerse a sí misma de que era verdad. Hasta se había tomado las pastillas que le habían recetado, pero solo habían servido para aturdirla, para que se sintiese como un zombi.

Con el paso del tiempo había conseguido superar la tristeza y continuar con su vida. Se había refugiado en el trabajo. Había abierto un negocio de diseño de interiores nada más licenciarse. Las ventas por Internet estaban creciendo de manera exponencial y tenía planeado abrir tiendas por toda Europa. Tenía personal que se ocupaba de la parte administrativa del negocio, mientras ella hacía lo que más le gustaba: diseñar la ropa de casa y el mobiliario.

Y lo había hecho todo sola. No había utilizado la riqueza ni la posición social de su padre para conseguir clientes. Del mismo modo que Angelo, se había mantenido firme en su idea de conseguirlo todo gracias a su talento y a su duro trabajo.

–¿Natalie? –dijo Angelo, sacándola de sus pensamientos–. ¿Por qué crees que me ha enviado esa nota tu hermano?

Ella apartó la mirada y se metió un mechón de pelo detrás de la oreja.

–No tengo ni idea.

–Debía de saber que te iba a causar muchos problemas.

Natalie volvió a mirarlo, tenía el corazón en la garganta.

–Cien mil dólares es mucho dinero, pero no tanto, si lo que se está pagando es la libertad de alguien –le dijo.

Él le dedicó una enigmática sonrisa de medio lado.

–Sí, pero ¿de la libertad de quién estamos hablando?

Natalie sintió pánico.

–¿Por qué no nos dejamos de juegos? –inquirió–. ¿Por qué no me dices directamente en qué clase de retribución has pensado?

La mirada de Angelo se volvió fría como el hielo.

–Sabes muy bien lo que quiero –le dijo–. Lo mismo que quería hace cinco años.

–No puedes querer tener una aventura con alguien a quien odias. Eso es... tan cruel.

–¿Quién ha hablado de una aventura?

Natalie se dio cuenta de que estaba empezando

a sudar. Se sentía débil y aturdida. Le temblaban las piernas, aunque las tenía juntas para que no se notase. Separó las manos y se llevó una a la garganta, donde parecía habérsele atascado el corazón.

–Es una broma, ¿no? –le dijo en un susurro.

–Quiero una esposa –dijo él, como quien pide un té o un café.

Natalie alzó la barbilla.

–En ese caso, te sugiero que utilices el modo habitual de conseguirla –le dijo.

–Lo he intentado y no ha funcionado –replicó él–. Así que he decidido intentarlo de otra manera.

–¿Chantajeándome?

Él se encogió de hombros con indiferencia.

–Es posible que tu hermano tenga que esperar cuatro años a que salga el juicio –le contestó–. El sistema legal en Italia es caro y lento. No hace falta que te diga que lo van a condenar. Tengo pruebas suficientes para que lo encierren diez años.

Natalie se puso en pie de un salto, perdiendo el control de repente.

–¡Eres un cerdo! Solo estás haciendo esto para hacerme daño a mí. ¡Admítelo! Solo quieres vengarte porque soy la única mujer que te ha dejado.

–Siéntate –le ordenó él, casi sin mover los labios.

Ella lo miró con odio.

–Vete al infierno.

Angelo se puso de pie muy despacio, parecía muy enfadado, pero cuando habló, lo hizo con tranquilidad:

–Nos casaremos lo antes posible. Si no accedes, tu hermano tendrá que enfrentarse a las consecuencias de sus actos. ¿Tienes algo que decir?

Ella dijo una obscenidad entre dientes y, al oírse, se sintió avergonzada. Angelo había conseguido hacerle perder el control y lo odiaba por ello.

Él sonrió de manera burlona.

Natalie tomó su bolso y se lo colgó del hombro.

–Espero que te mueras y ardas en el infierno –le dijo–. Espero que tengas una horrible y dolorosa enfermedad y agonices durante el resto de tu vida.

Él siguió mirándola con provocadora frialdad.

–Yo también te quiero, Tatty –le dijo.

Natalie se sorprendió al oír que utilizaba aquel nombre cariñoso. El corazón se le encogió y su ira se disolvió como una aspirina en un vaso de agua. Los ojos se le llenaron de lágrimas y supo que, si no salía pronto de allí, Angelo la vería llorar.

Se dio media vuelta y empezó a andar hacia la puerta, consiguió abrirla y salir.

No se molestó en ir al ascensor.

Ni siquiera miró a la recepcionista antes de ir hacia la salida de incendios.

Bajó las escaleras corriendo como alma que lleva el diablo.

Capítulo 2

NATALIE volvió al hotel y se apoyó contra la puerta cerrada de su habitación con la respiración todavía acelerada. Se sobresaltó al oír sonar su teléfono y estuvo a punto de dejarlo caer al intentar responder.

–¿Dígame?

–Natalie, soy yo... Lachlan.

Se apartó de la puerta y se pasó una mano por el pelo mientras iba de un sitio a otro, nerviosa.

–¡Llevo veinticuatro horas intentando hablar contigo! ¿Por qué lo has hecho? ¿Es que te has vuelto loco, Lachlan?

–Lo siento –le respondió él–. Mira, solo puedo hacer una llamada, así que tengo que darme prisa.

Natalie cerró los ojos. No quería imaginar la horrible celda en la que estaría su hermano.

–Dime qué tengo que hacer –le dijo, abriendo los ojos de nuevo para mirar hacia el Támesis–. Dime qué necesitas. Llegaré allí lo antes posible.

–Solo tienes que hacer lo que te diga Angelo –contestó Lachlan–. Lo tiene todo bajo control. Puede arreglarlo todo.

Natalie se apartó de la ventana.

–¿Estás loco? –inquirió.

–Hará lo correcto, Nat. Haz lo que te diga.

Ella empezó a moverse de un lado a otro de nuevo, pero más deprisa.

–Quiere casarse conmigo –le contó–. ¿Te lo ha dicho?

–Podría ser mucho peor.

Natalie se quedó boquiabierta.

–Lachlan, no puedo creer que estés hablando en serio. Me odia.

–Es mi única opción –le dijo su hermano–. Sé que lo he estropeado todo, pero no quiero ir a la cárcel. Angelo me ha dado una oportunidad. Tengo que aprovecharla.

Ella soltó una carcajada.

–Esa oportunidad consiste en cambiar tu libertad por la mía.

–No tiene que ser para siempre –comentó Lachlan–. Puedes divorciarte de él después de unos meses. No puede obligarte a estar casada con él eternamente.

Natalie se preguntó si eso sería cierto. A los hombres ricos y poderosos solía gustarles conseguir y mantener lo que querían. Su padre, por ejemplo, había atado a su madre a su lado a pesar de los años de infidelidades y malos tratos emocionales. Ella no podía terminar como su madre. No podía ser una mujer florero ni un juguete.

–¿Por qué lo has hecho? –le preguntó a su hermano–. ¿Por qué su hotel?

–¿Te acuerdas de la última vez que hablamos? –le dijo Lachlan.

Natalie la recordaba demasiado bien. Habían pasado un fin de semana en París un par de meses antes. Ella estaba allí por trabajo y Lachlan porque había asistido al cumpleaños de un amigo. Lo habían echado de casa de los padres de su amigo por comportarse mal después de haber estado toda la noche bebiendo.

–Sí –respondió Natalie–. Tardé semanas en quitar el olor a alcohol y a vómito de mi abrigo.

–Sí, bueno, pues vi la revista que llevabas abierta en el asiento del coche –le contó él–. Era acerca de Angelo y su última amante.

Natalie intentó controlar los celos que sentía cada vez que recordaba aquel artículo.

–¿Y? ¿Qué pasa con eso? No era la primera vez que lo sacaban con una mujer impresionante, pero sin cerebro.

–No –admitió Lachlan–, pero fue la primera vez que te vi disgustada con el tema.

–No me disgusté –replicó ella enseguida–. Me dio asco.

–Da igual.

Natalie suspiró.

–¿Así que decidiste vengarte de él destrozándole una habitación de hotel solo porque pensaste que yo estaba un poco molesta?

–Lo sé, lo sé, lo sé –dijo Lachlan–. Ahora suena fatal. No sé por qué lo hice. Supongo que estaba enfadado porque él parecía tenerlo todo bajo control y tú no.

Natalie frunció el ceño.

–¿Qué quieres decir? –le preguntó–. Tengo éxito en mi trabajo. Me pago mi propia casa. Soy feliz con mi vida.

–¿De verdad, Nat?

Su silencio lo dijo todo.

–Trabajas demasiadas horas –continuó Lachlan–. Y nunca te vas de vacaciones.

–Porque odio volar.

–Podrías hacer una terapia para eso.

–No tengo tiempo.

–Es por lo que le ocurrió a Liam, ¿verdad? No te has subido a un avión desde que se ahogó en España.

A Natalie se le hizo un nudo en la garganta al recordar el pequeño ataúd blanco con el cuerpo de su hermano en el interior en la pista de despegue. Lo había visto desde la ventanilla del avión.

Liam se había ahogado por su culpa.

–Tengo que dejarte –le dijo Lachlan–. Se me llevan.

Natalie volvió instantáneamente a la conversación.

–¿Adónde? –preguntó.

–Haz lo que te pida Angelo, por favor –le respondió él–. Hazlo, Nat. Ha prometido que no se enterará la prensa. Tengo que aceptar su ayuda. Mi vida depende de ello. Por favor.

Natalie se apretó el puente de la nariz mientras los ojos se le llenaban de lágrimas.

Estaba atrapada.

Angelo estaba terminando con los últimos detalles de un proyecto en Malasia cuando la recepcionista le anunció que tenía visita.

–Es Natalie Armitage.

Él se apoyó en el respaldo de su sillón y sonrió triunfante. Había esperado mucho tiempo una oportunidad así. Quería que Natalie le suplicase. Era su revancha, por lo mucho que había sufrido cuando lo había dejado.

–Dile que espere. Tengo media hora de papeleo que no puedo posponer.

Hubo un intercambio apagado de palabras y Fiona volvió a decirle:

–La señorita Armitage dice que no va a esperar, que, si no la recibe ahora, se marchará de vuelta a Edimburgo y no volverá a verla.

Angelo golpeó el escritorio con los dedos. Estaba acostumbrado a la testarudez de Natalie. Era muy obstinada. Su independencia era una de las cosas que había admirado de ella y, al final, lo que más lo había frustrado. Se había negado a someterse a su voluntad. Se había enfrentado a él como nadie en el mundo.

Angelo estaba acostumbrado a que la gente hiciese lo que él decía.

Menos la pequeña Tatty.

Se inclinó hacia delante y apretó el botón.

–Dile que la recibiré en quince minutos.

Todavía no le había dado tiempo a volver a apoyar la espalda en el sillón cuando la puerta se abrió de un golpe y entró Natalie muy enfadada.

Y Angelo se excitó solo con verla.

–¡Eres un cerdo!

–*Cara* –le contestó él–. Yo también estoy encantado de verte. ¿Cuánto tiempo ha pasado? ¿Cuatro horas?

Ella lo fulminó con la mirada.

–¿Adónde te lo has llevado?

Él arqueó una ceja.

–¿A quién?

–A mi hermano. No puedo ponerme en contacto con él. No responde a su teléfono. ¿Cómo voy a saber que está bien?

–Tu hermano está en buenas manos –le aseguró él–. Siempre y cuando tú hagas lo que te pida, claro.

–¿Cómo sé que vas a cumplir con tu parte del trato?

–Puedes confiar en mí, Natalie.

Ella resopló.

–Preferiría negociar con una víbora.

Angelo sonrió.

–Me temo que una víbora no podría evitar que juzguen a tu hermano y yo, sí.

–No puedes obligarme a que me acueste contigo –espetó Natalie–. Tal vez puedas obligarme a llevar tu estúpido anillo, pero no puedes obligarme a nada más.

–Serás mi esposa en todos los sentidos de la palabra –le dijo él–. En público y en privado. Si no, no hay trato.

Ella apretó los dientes.

–Jamás pensé que fueses capaz de hacer algo así –le dijo–. Puedes tener a quien quieras. Las mujeres hacen fila para salir contigo. ¿Por qué quieres casarte con alguien por la fuerza? ¿No será una obsesión enfermiza? ¿Qué quieres conseguir con todo esto?

Angelo hizo que su sillón se moviese de un lado a otro.

–Me gusta la idea de domarte –le contestó.

Ella se ruborizó.

–¿Quieres someterme? –le preguntó con incredulidad–. Pues buena suerte.

Angelo sonrió con pereza.

–Ya me conoces, Tatty. Me encantan los retos... cuanto mayores, mejor.

Ella frunció el ceño, furiosa.

–No me llames así.

–¿Por qué no? Siempre te llamaba así.

Ella fue hacia el otro lado del despacho con los brazos cruzados.

–Ya no quiero que me llames así –insistió sin mirarlo.

–Te llamaré como me dé la gana –dijo Angelo, cada vez más molesto–. Mírame.

Ella movió la cabeza y mantuvo la mirada fija en el cuadro que había en la pared.

–Vete al infierno.

Angelo se levantó y fue hacia ella. Apoyó una

mano en su hombro, pero ella se giró y le dio un manotazo, como si quisiese matar un insecto.

–No te atrevas a tocarme –le advirtió, como una gata salvaje.

Y aquello lo excitó todavía más.

Había esperado ese momento desde que Natalie lo había dejado. Había querido demostrarle lo mucho que lo deseaba a pesar de sus protestas. Después había tenido otras relaciones, pero había tenido la sensación de no encontrar lo que buscaba en nadie más. En los últimos tiempos había llegado a preguntarse si la armonía física que había tenido con Natalie era solo fruto de su imaginación, pero después de volver a verla, sabía que no se la había imaginado.

En esa ocasión, no sería ella la que lo dejase plantado. Se quedaría con él hasta que decidiese que había tenido bastante. Tal vez tardase un mes o dos, tal vez un año, pero no le daría la oportunidad de volver a romperle el corazón. Se había enamorado de ella desde el principio. Se había imaginado un futuro a su lado.

Y Natalie lo había traicionado.

Tal vez lo odiase por hacerle aquello, pero en esos momentos le daba igual. La quería e iba a ser suya. No la forzaría, sería ella la que se acercase por voluntad propia, ya se ocuparía él de eso. Sabía que detrás de aquella fría fachada había una joven apasionada. Él había desatado esa pasión cinco años antes y volvería a hacerlo.

–Ya me rogarás que te toque, *cara* –le dijo–. Como hacías en el pasado.

–¿Es que no te das cuenta de cuánto te odio? –inquirió Natalie.

–Veo pasión, y eso me parece prometedor.

Ella respiró hondo y se apartó de él.

–¿Y cuándo esperas poner en práctica tu ridículo plan? –le preguntó.

–Nos casaremos a finales de la próxima semana –le contestó él–. No tiene sentido esperar más.

–¿La semana que viene? –preguntó ella con los ojos como platos–. ¿Por qué tan pronto?

Angelo la miró a los ojos.

–Porque sé cómo funciona tu mente, Natalie, y no voy a dejar nada a la suerte. Cuanto antes nos casemos, antes habrá salido tu hermano del lío.

–¿Puedo verlo?

–No.

–¿Por qué no?

–Porque no se le permiten visitas –le respondió Angelo.

–¡Eso es ridículo! Por supuesto que puede tener visitas.

–No donde está ahora misma –le dijo él–, pero pronto lo verás. Mientras tanto, creo que deberías presentarme al resto de tu familia, ¿no?

–¿Para qué quieres conocer a mi familia? –quiso saber ella–. De todos modos, aparte de Lachlan solo tengo a mis padres.

–La mayoría de las parejas que se casan conocen

a sus respectivas familias –le dijo Angelo–. Mis padres querrán conocerte. Lo mismo que mis abuelos, tíos, tías y primos.

Ella lo miró con preocupación.

–¿No irán a venir todos a la ceremonia?

–Por supuesto. Volaremos a Roma el martes. La boda será el sábado, en la casa de mis abuelos, en la capilla privada que hicieron construir para su boda hace sesenta años.

–¿Volar?

–Sí, *cara* –le dijo él–. En avión. Ya sabes, esos aparatos grandes que hay en los aeropuertos y que te llevan adonde quieras ir. En uno privado.

–No voy a volar –se negó Natalie.

Angelo frunció el ceño.

–¿Qué quieres decir con que no vas a volar?

–No voy a volar –repitió ella.

Angelo tardó un par de segundos en darse cuenta de lo que ocurría. Y le sorprendió no haberlo hecho antes. Pensándolo bien, todo encajaba.

–Por eso viniste en tren desde Edimburgo ayer –comentó–. Por eso, cuando hace cinco años te sugerí que fuésemos a Malta, me dijiste que no podías permitírtelo y te negaste a que te invitara. Tuvimos una fuerte discusión por ese motivo. Estuviste días sin hablarme. No se trataba de tu independencia, ¿verdad? Te da miedo volar.

Ella le dio la espalda y miró por la ventana, completamente rígida.

–Continúa –le dijo–. Llámame loca. No serías el primero.

Angelo soltó el aire que tenía en los pulmones muy despacio.

–Natalie... ¿Por qué no me lo contaste?

Ella siguió dándole la espalda.

–Hola, me llamo Natalie Armitage y me aterra volar. Sí, seguro que así te habrías fijado en mí esa primera noche en el bar.

–Me fijé en tus ojos –le respondió él–. Y en que te enfrentaste a ese asqueroso que no te dejaba en paz.

La vio que se relajaba un poco al oír aquello.

–No hacía falta que me rescatases como un cavernícola –le dijo ella–. Podía cuidar de mí misma.

–Me educaron para que respetase y protegiese a las mujeres –le respondió Angelo–. Aquel tipo iba borracho. Tuvo suerte de que no le rompiese los dientes.

Natalie se giró a mirarlo, su expresión seguía siendo obstinada.

–No quiero volar, Angelo –insistió–. Podemos ir en coche. Solo se tarda un par de días. Puedo ir sola para no hacerte perder el tiempo a ti.

Angelo estudió sus ojos azules y se dio cuenta de que, además de terquedad, había miedo en ellos. Se preguntó si realmente la había conocido cinco años antes. Estaba empezando a darse cuenta de que era una mujer compleja.

–Iré contigo –le dijo él–. No permitiré que te pase nada.

–Eso no me tranquiliza –respondió ella en tono cínico–, teniendo en cuenta que solo te quieres casar conmigo por venganza.

–No tengo la intención de que sufras.

Ella levantó la barbilla y volvió a fulminarlo con la mirada.

–Ah, ¿no?

Angelo tomó aire y lo soltó despacio antes de volver a su escritorio. Agarró el respaldo de su sillón y la miró.

–¿Por qué piensas que todo lo que digo o hago deriva de motivaciones viles?

Ella se echó a reír.

–Perdona que sospeche de ti, pero no irás a decirme que, después de todo este tiempo, todavía te importo.

Angelo agarró con más fuerza el cuero del sillón, hasta que los nudillos se le pusieron blancos. No la amaba. Se negaba a amarla. Lo había traicionado. No iba a perdonarla y a olvidarlo todo, pero sería suya. Eso era diferente. No tenía nada que ver con las emociones.

Soltó el sillón y se sentó.

–Tenemos asuntos por zanjar –le dijo–. Lo supe cuando te vi entrar por esa puerta ayer.

–Te estás imaginando cosas.

–¿Tú crees? –le preguntó Angelo, arqueando una ceja.

Ella le mantuvo la mirada un momento, antes de

bajarla al sujetapapeles de cristal que había encima del escritorio.

–¿Cuánto tiempo piensas que va a durar este matrimonio? –le preguntó.

–Todo lo que nosotros queramos –le contestó Angelo.

Natalie volvió a mirarlo a los ojos.

–¿No querrás decir todo lo que tú quieras? –le preguntó.

Él se encogió levemente de hombros.

–Fuiste tú quien terminó con lo nuestro la última vez. ¿No te parece justo que ahora me toque a mí?

Natalie apretó los labios.

–Terminé con lo nuestro porque había llegado el momento. Estábamos todo el día discutiendo. No nos queríamos.

–Venga ya –le dijo Angelo–. ¿De qué estás hablando, Natalie? Todas las parejas se pelean. Forma parte de la relación. Siempre hay pequeñas luchas de poder. Es lo que hace que la vida sea interesante.

–Tal vez a ti te educasen así, pero a mí, no.

Él estudió otra vez su expresión.

–¿Y cómo te enseñaron a resolver los conflictos? –le preguntó.

–Mira, tengo que tomar un tren –le contestó ella, yendo a por su bolso–. Tengo que hacer cientos de cosas.

–¿Por qué no has venido en coche? –quiso saber Angelo–. ¿Ahora no te dará miedo también conducir?

–No –respondió ella–. Me gusta viajar en tren.

Puedo leer, dibujar o escuchar música. Además, es mejor para el medioambiente, así reduzco mi huella de carbono.

Angelo se puso en pie y se acercó a la puerta, donde ya estaba ella.

–En los próximos días tendrás que firmar algún papel.

Natalie levantó la barbilla.

–¿Un acuerdo prenupcial?

Él clavó la vista en sus labios. Deseó besarla.

–Sí –le contestó, volviendo a mirarla a los ojos. –¿Tienes algún problema con eso?

–No. Yo también redactaré el mío. No voy a permitir que me quites todo lo que he conseguido trabajando muy duro.

Él sonrió y le tocó con cuidado la punta de la nariz.

–*Touché*.

Ella parpadeó, de repente, parecía desorientada.

–Tengo... que irme –le dijo, tomando el pomo de la puerta.

Angelo le sujetó la mano y luego se la llevó hacia los labios, pero no llegó a besársela. Vio como ella tragaba saliva, la vio mirarlo a la boca y como se humedecía los labios después con la punta de la lengua.

–Seguiremos en contacto –le dijo, soltándola y abriéndole la puerta–. *Ciao*.

Ella pasó por su lado y, sin decir palabra, se marchó.

Capítulo 3

ENHORABUENA –le dijo Linda, su secretaria, a la mañana siguiente, nada más llegar al trabajo.

–¿Por qué? –preguntó Natalie.

Linda le tendió un periódico.

–Ni siquiera sabía que salías con alguien.

–Yo...

Natalie tomó el periódico y vio que había un breve artículo en el que se anunciaba su próxima boda con Angelo. Este declaraba estar muy contento con su reconciliación.

–¿Es verdad o es una broma? –preguntó Linda.

Natalie dejó el periódico en el mostrador.

–Es verdad –respondió, mordiéndose el labio inferior.

–Pues no te veo muy contenta.

Natalie se obligó a sonreír.

–Lo siento, es que... ha sido muy difícil mantenerlo en secreto hasta ahora.

–¡Qué romántico! –exclamó Linda–. Una relación secreta.

–Ya no es tan secreta –le dijo Natalie.

No sabía cómo iba a aguantar el acoso de la prensa. Angelo estaba acostumbrado, pero a ella le gustaba su intimidad. Le gustaba que la conociesen por su trabajo, no por su pareja de cama.

Aunque no se estuviese acostando con Angelo. Estaba decidida a no ceder a la tentación, aunque su cuerpo no estuviese de acuerdo.

Podía ser fuerte.

Iba a ser fuerte.

Y él no soportaría su intemperancia durante mucho tiempo. Quería a una mujer sumisa.

Y ella era de todo menos sumisa.

–Han llegado mientras estabas con tu abogado –le dijo Lisa, cuando Natalie volvió al estudio un par de horas después.

Natalie miró el enorme ramo de rosas rojas cuyo aroma perfumaba el aire.

–¿No vas a leer la tarjeta? –le preguntó Natalie.

–Ah... sí.

Natalie sacó la tarjeta que había dentro del sobre y leyó: *Hasta esta noche, Angelo.*

–¿Son de Angelo? –preguntó Linda.

–Sí –respondió ella, frunciendo el ceño.

–¿Qué pasa?

–Nada.

–Tienes el ceño fruncido.

Ella relajó su expresión.

–Tengo que hacer un par de cosas en mi despacho de casa. ¿Te importa quedarte aquí sola el resto del día?

–En absoluto –le respondió Linda–. Supongo que tendré que quedarme al frente del taller cuando tú te vayas de luna de miel.

–No creo que esté fuera mucho tiempo –comentó ella, tomando su bolso.

–¿No te vas a llevar las flores?

Natalie se dio la media vuelta y tomó el ramo.

–Buena idea –dijo antes de marcharse.

Angelo miró la casa de tres pisos que estaba situada en el arbolado y acomodado barrio de Morningside, en Edimburgo. Su gracia y elegancia le recordaron a Natalie inmediatamente.

Sonrió al pensar lo mucho que le iba a fastidiar no poder tenerlo todo bajo control. En esa ocasión llevaba él las riendas. Tenía que vengarse de cinco años de amargura. Cinco años de odio, de deseo, de recuerdos.

Cinco años intentando encontrarle una sustituta.

Llamó al timbre y oyó acercarse unos tacones. Por su manera de andar era evidente que estaba enfadada. Se preparó para la explosión.

–¿Cómo te atreves a hablar con la prensa sin decírmelo antes? –inquirió Natalie nada más abrir.

–Hola, *cara* –le contestó él–. Estoy bien, gracias. ¿Y tú?

Ella lo fulminó con la mirada.

–No tenías derecho a contárselo a nadie. Me han seguido a casa los paparazzi.

–Lo siento –le dijo Angelo–. Yo ya estoy tan acostumbrado que casi no me doy ni cuenta. ¿Quieres que te ponga un guardaespaldas? Tenía que haberlo pensado.

Ella puso los ojos en blanco.

–¡Por supuesto que no quiero un maldito guardaespaldas! –exclamó–. Solo quiero que esto se termine.

–No se va a terminar, Natalie –le dijo él–. No voy a marcharme.

–¿Qué haces aquí? –inquirió ella.

–He venido a invitarte a cenar.

–¿Y si no tengo hambre?

–Entonces, puedes ver cómo ceno yo. ¿No te parece divertido?

–¿Sabes que estás enfermo? –inquirió ella.

–¿Te han gustado las rosas?

Ella le dio la espalda y echó a andar por el pasillo.

–Odio las flores de invernadero –le dijo–. No tienen aroma.

–No son de invernadero –le dijo él.

Natalie gruñó y abrió la puerta del salón. Angelo se fijó en que la decoración era exquisita.

–¿Quieres beber algo? –le preguntó ella.

–¿Qué vas a tomar tú?

–Estaba pensando en cianuro.

Angelo se echó a reír.

–No me gusta, *mia piccola* –le dijo–. ¿Qué tal un refresco de limón?

Natalie fue a una pequeña nevera que estaba oculta en un armario. Le sirvió el refresco y se puso una copa de vino blanco para ella.

–Espero que te atragantes –le dijo al dárselo.

Él levantó el vaso y lo hizo chocar contra su copa.

–Por un largo y feliz matrimonio.

Natalie lo miró a los ojos.

–No pienso brindar por eso.

–¿Y por qué quieres brindar?

–Por la libertad –dijo Natalie, dándole un sorbo a su copa.

Angelo la observó mientras se paseaba por el salón, estaba tensa, enfadada.

–He pasado por tu taller antes de venir aquí –le dijo–. Impresionante.

–Gracias.

–Tengo un proyecto para ti, si te interesa –añadió.

Ella se giró a mirarlo.

–¿Qué clase de proyecto?

–Uno importante, de mucho dinero. Y con el que conseguirás mucha publicidad. Conseguirás contactos en toda Europa.

–Continúa.

–Tengo una casa de vacaciones en Sorrento, en la costa amalfitana –empezó él–. Hace unos meses, compré otra cerca, por muy poco dinero. La quiero convertir en un hotel de lujo. Ya casi he terminado la reforma. Ha llegado el momento de la decoración. He pensado que sería un buen proyecto para ti cuando estemos casados.

–¿Por qué quieres que lo haga yo? –le preguntó Natalie.

–Porque eres buena en lo tuyo.

Ella apretó los labios.

–Y quieres tenerme atrapada con eso por si encuentro otra escapatoria, ¿no?

–No vas a encontrar ninguna escapatoria –le aseguró él–. Si eres una buena chica, a lo mejor hasta utilizo tu ropa de casa para todos mis hoteles, pero solo si te comportas.

Ella lo miró con odio.

–Ya veo que para ti el chantaje es toda una ciencia –comentó–. Cuando te conocí no me di cuenta de que eras tan despiadado.

–Y no lo era –respondió él, dándole un sorbo a su vaso.

–Lo pensaré –dijo ella–. Ahora tengo mucho trabajo.

–¿Cómo de competente es tu secretaria? –le preguntó Angelo.

–Muy competente –admitió Natalie–. Estoy pensando en ascenderla. Necesito que alguien lleve la parte internacional del negocio.

–Debe de ser muy limitador, no poder hacer los viajes en persona.

Ella se encogió de hombros.

–Me las arreglo.

Angelo tomó un pequeño marco que había encima de una mesa.

–¿Es este Lachlan de niño? –preguntó.

–No –respondió ella.

Y Angelo vio algo extraño en su mirada, pero dejó el marco y se miró el reloj.

–Deberíamos marcharnos –le dijo–. He reservado mesa a las ocho.

–Te he dicho que no voy a cenar contigo.

–Y yo te he dicho que te portes bien –replicó él–. Vendrás a cenar conmigo y te mostrarás feliz. Me da igual cómo actúes en privado, pero en público quiero que parezcas una mujer enamorada. Si no lo haces, tu hermano pagará por ello.

Natalie lo fulminó con la mirada.

–Nunca he estado enamorada, ¿cómo voy a fingir? –le preguntó.

–Decídelo mientras te arreglas –le dijo Angelo–. Te esperaré fuera, en el coche.

Natalie esperó a que hubiese salido del salón para recoger el vaso de Angelo. Limpió el círculo que este había dejado en la mesa con la mano y se limpió después en el estómago, que le ardía.

Sus ojos se posaron en la fotografía de Liam. Estaba en la playa, con un cubo y una pala en las manos, sonriendo a la cámara. Le habían hecho aquella fotografía solo unas horas antes de morir. Natalie todavía se acordaba de las conchas que había recogido, del castillo de arena que habían hecho juntos. Recordaba haber vuelto a la piscina con sus padres para quitarse la arena. Su madre había entrado a descansar y su padre la había dejado con Liam mientras él hacía una llamada importante...

Acarició el marco con dedos temblorosos y después de suspirar de manera dolorosa, fue a arreglarse para la cena.

Angelo había reservado mesa en un restaurante muy conocido al que iban los ricos y famosos. Natalie ya había estado allí un par de veces, pero nadie se había fijado en ella. En esa ocasión todo el mundo la miró al entrar, y hasta le hicieron fotografías con los teléfonos móviles.

Ella intentó que no le afectase notar la mano de Angelo en su espalda. Casi ni la estaba tocando, pero era como si la quemase con un hierro de marcar y aquello le recordó el poder sensual que tenía sobre ella.

Que todavía tenía sobre ella.

El maître los acompañó a su mesa y se fue a por la bebida mientras ellos miraban la carta.

Natalie enterró la cara en ella a pesar de no tener apetito. Las palabras se desdibujaron ante sus ojos. Parpadeó e intentó centrar la vista. Una semana antes le habría parecido imposible estar sentada en un restaurante con Angelo. Desde su ruptura, había mantenido las distancias con él tanto física como mentalmente, pero en esos momentos volvía a formar parte de su mundo y no sabía cómo iba a salir de él. ¿Cuánto iba a durar su matrimonio, teniendo en cuenta las irreconciliables diferencias que había entre ambos? Angelo la había querido en el pasado, pero en esa ocasión solo deseaba vengarse.

No querría atarse a un matrimonio sin amor para toda la vida. Era hijo único y tenía treinta y tres años, casi treinta y cuatro. Y no querría que ella fuese la madre de sus herederos. Querría a alguien manejable y obediente.

–¿Todavía sigues siendo vegetariana? –le preguntó Angelo.

Natalie lo miró por encima de la carta.

–A veces como pollo y pescado –confesó.

Él arqueó las cejas.

–¿Y acerca de qué más cosas has cambiado de opinión?

Natalie dejó la carta a un lado de la mesa.

–No he cambiado tanto –le respondió.

–¿Quieres decir que sigues sin querer tener hijos?

Natalie sintió un dolor que le era demasiado familiar. Pensó en la hija recién nacida de Isabel, Imogen, en cómo se había sentido al tenerla en brazos un par de semanas antes, en lo culpable que se había sentido.

–Sí –contestó–. Sigo sin querer tener hijos.

–¿Todavía estás centrada en tu carrera?

Ella tomó su copa y la levantó.

–Eso es.

Angelo la miró a los ojos.

–¿Y dentro de unos años? –le preguntó–. Ahora eres joven, pero ¿qué pasará cuando tu reloj biológico se ponga en marcha?

–No todas las mujeres estamos hechas para ser madres –le dijo ella–. A mí no se me dan bien los niños.

–No me lo puedo creer. Acepto que haya mujeres que no quieran tener hijos, pero tú naciste para tenerlos. Solo tienes que ver como estás dispuesta a sacrificarte por tu hermano.

Ella se encogió de hombros.

–Odio la idea de arruinar mi futuro –comentó–. No quiero que me queden marcas, ni que me cuelguen los pechos.

–No puedo creer que seas tan superficial, Natalie.

Ella lo miró a los ojos.

–No, pero estoy convencida de que, de tus últimas amantes, muchas lo eran.

Él sonrió.

–Así que has estado siguiéndome la pista, ¿no, *cara*?

–En absoluto –le respondió ella, apartando la vista de nuevo–. No me interesa con quién te acuestes. Salimos un tiempo, rompimos, y eso es todo.

–No solo salimos –la contradijo Angelo–. Estuvimos cinco meses y medio viviendo juntos.

Natalie tomó su copa solo por hacer algo con las manos.

–Me fui a vivir contigo porque el novio de mi compañera de piso se había mudado con nosotras y me hacía sentir incómoda. Además, cinco meses no es tanto tiempo.

–Para mí, sí.

–Porque has estado de flor en flor desde que eras un adolescente.

–Mira quién habla.

A Natalie no le avergonzaba su pasado, pero tampoco estaba orgullosa de él. No había ido de cama en cama, como algunas chicas de su edad, pero sí había utilizado el sexo para levantarse la autoestima, aunque nunca había sentido nada parecido a lo que había sentido con Angelo. No se lo había dicho porque nunca se había abierto emocionalmente a él. Tal vez ese era el motivo por el que le resultaba tan atractiva. Porque estaba acostumbrado a que las mujeres se enamorasen de él y se lo dijesen desde el principio.

–Ten cuidado, Angelo –le advirtió.

–¿Cuánto tiempo saliste con el tipo por el que me dejaste? –le preguntó él.

–No mucho.

–¿Cuánto? –insistió.

–Un par de semanas.

–¿Y quién rompió?

–Yo.

–¿Y con quién has salido después?

–Con nadie que tú conozcas –le dijo–. Intento mantener mi vida privada en privado.

–Bien hecho. Yo también lo intento, pero es increíble cómo acaban averiguando las cosas.

–No sé cómo lo soportas.

Angelo se encogió de hombros.

–Estoy acostumbrado, aunque en Londres me gustó pasar desapercibido un tiempo.

–Me mentiste.

–No te mentí. Aunque tampoco te conté a qué familia pertenecía. Era importante para mí hacer las cosas solo, que el nombre de mi padre no me abriese ninguna puerta.

–Y lo has conseguido –comentó Natalie–. Dicen que tu riqueza es el doble que la de tu padre.

–Para no estar interesada en mí, sabes muchas cosas –dijo él en tono irónico.

Natalie hizo caso omiso del comentario, tomó su copa y le dio un sorbo.

–¿Qué le has contado a tu familia de mí?

–Una versión de la verdad.

–¿La verdad de que me odias y solo quieres venganza? –inquirió ella.

–Les he dicho que nunca dejé de quererte –le dijo él, mirándola a los ojos.

Natalie se humedeció los labios.

–¿Y... te han creído?

–Eso parece, pero ya veremos cuando nos vean juntos. A mi madre es difícil engañarla. Tendrás que esforzarte con ella.

–¿Por qué tenemos que casarnos? –le preguntó

Natalie–. ¿Por qué no podemos tener solo... una aventura?

–¿Es eso lo que quieres tú? ¿Una aventura?

–No. Era solo un comentario. Me parece una tontería casarnos cuando ambos sabemos que vamos a acabar divorciándonos.

–Pareces muy segura de eso.

–No creo que quieras estar atado a mí de manera indefinida.

Él la miró con deseo.

–¿Quién sabe? Tal vez te guste estar casada conmigo –le dijo–. Llevar mi anillo y mi apellido te va a traer muchos beneficios.

–No quiero tu apellido, estoy muy contenta con el mío –le contestó ella, sentándose muy recta.

–Vas a cambiar de apellido y vas a hacer todo lo que yo te diga –replicó Angelo en voz baja.

Natalie se levantó tan bruscamente que su silla golpeó la que tenía detrás. Todo el mundo se giró a mirarla, pero le daba igual. Tiró la servilleta encima de la mesa y tomó su bolso.

–Búscate a otra –le espetó antes de marcharse.

Nada más salir a la calle le hicieron una fotografía.

–¿Señorita Armitage? –le dijo un periodista, acercándole un micrófono–. ¿Nos puede dar una exclusiva acerca de su relación con Angelo Bellandini?

Natalie intentó evitarlo, pero un paparazzi le cortó el paso cuando intentaba alejarse.

–No lleva anillo de compromiso –le dijo este–. ¿Quiere decir eso que han cancelado la boda?

–Yo...

En ese momento Angelo la agarró de la cintura de manera protectora.

–Por favor, dejen a mi prometida –dijo.

–Señor Bellandini, ¿nos puede decir algo acerca de su compromiso con la señorita Armitage? –preguntó el primer periodista.

–La boda sigue adelante –dijo–. Ya he escogido el anillo de compromiso de Natalie. Se lo voy a dar esta noche cuando lleguemos a casa. Ahora, permitan que lo celebremos en privado.

Angelo la llevó hasta su coche sin que los periodistas volviesen a molestarla. Ella se sentó y agarró su bolso con fuerza.

–No vuelvas a hacer eso nunca más –le advirtió él al arrancar el motor.

–No voy a permitir que me des órdenes –replicó ella.

Él agarró el volante con fuerza.

–No voy a tolerar que te comportes como una niña mimada –le dijo entre dientes–. ¿No te das cuenta de que la escena que has montado estará mañana en todos los periódicos? ¿En qué estabas pensando?

–No me puedes obligar a que me cambie el apellido –insistió Natalie.

–De acuerdo –le dijo Angelo–. Tenía que haberme dado cuenta de lo importante que es eso para ti. Lo siento.

Ella fue soltando el bolso poco a poco.

–¿Siempre es así de agresiva la prensa? –le preguntó

Él suspiró.

–Yo ya casi ni me doy cuenta, pero sí. No durará mucho. Perderán el interés en cuanto estemos casados.

Natalie lo miró con el ceño fruncido.

–Espero que nadie piense que me caso contigo por tu dinero.

–No, *cara*, pensarán que lo haces por mi cuerpo –le dijo él, esbozando una sonrisa.

–No pienso acostarme contigo, Angelo.

–¿Lo dices para convencerme a mí o a ti misma? –le preguntó él.

Natalie no supo qué responder, así que decidió cambiar de tema.

–¿De verdad has comprado un anillo de compromiso? –le preguntó.

–Sí.

–¿No crees que me habría gustado elegirlo a mí?

Él la miró con exasperación.

–En mi familia es una tradición que el hombre elija el anillo de compromiso –le dijo.

–¿No será el que compraste hace cinco años?

–No.

–¿Se lo diste a otra? –le preguntó Natalie.

Angelo detuvo el coche delante de su casa antes de responder.

–Lo doné a una organización benéfica para que lo subastasen. Debe de haber por ahí una chica con mucha suerte, que lleva un anillo que cuesta más que la mayoría de las casas.

–Nunca te pedí que te gastases ese dinero en mí.

–No, porque no me querías por mi dinero, ¿verdad?

–He visto lo que el dinero le hace a la gente, la cambia y no siempre para bien.

Angelo la miró fijamente durante unos segundos antes de preguntarle:

–¿Qué les has dicho a tus padres?

–No mucho. Fue idea de mi madre que fuese a verte. Solo lo hice por su bien.

–¿Y por el de Lachlan?

Natalie apartó la mirada de la de él.

–Sí...

El silencio se hizo interminable.

–¿Vas a preguntarme si quiero pasar?

–¿Vas a entrar aunque no te lo pregunte?

Angelo le tocó la curva de la mejilla con un dedo, clavó la vista en sus labios y sonrió de medio lado.

–Si no quieres que entre, dímelo.

«Te deseo», pensó ella. «Te deseo, te deseo, te deseo». No podía pensar en otra cosa.

–¿Vas a quedarte a pasar la noche en la ciudad?

–No pensaba –respondió él–. Aunque tenía la esperanza de que tú me ofrecieses una cama.

–No creo que sea buena idea –respondió ella con el corazón acelerado.

–¿Por qué no?

–Porque... porque...

–A la prensa le parecerá raro que no me quede contigo –le dijo él, antes de que le diese tiempo a poner una excusa–. No sé si te has dado cuenta de que nos ha seguido un coche.

Natalie miró por el espejo retrovisor. Vio a un hombre dentro de un coche con una cámara de fotos en la mano, apuntándolos. Y sintió pánico.

–Se marchará en cuanto hayamos entrado –le aseguró Angelo–. Intenta actuar con naturalidad.

Natalie salió del coche y dejó que Angelo le tomase la mano. Y sintió lo mismo que un rato antes, cuando la había agarrado de la cintura. Se sintió protegida.

–Dame las llaves –le dijo él.

Natalie obedeció.

–Es la más grande –le dijo.

Angelo abrió la puerta y la dejó pasar.

–¿Cuánto tiempo llevas viviendo aquí? –le preguntó después de cerrarla.

–Tres años y medio.

–¿Por qué en Escocia?

–Porque mi madre es escocesa y pasé aquí muchas vacaciones con mis abuelos cuando era niña.

–No me lo habías contado.

–No me pareció importante –dijo ella, dejando el bolso en la mesita de la entrada.

–¿Qué más cosas no me contaste porque no te parecían importantes?

Natalie apartó la vista de su mirada inquisitoria.

–¿Quieres tomar algo?

–Tatty –dijo él, apoyando una mano en su brazo.

A ella se le aceleró el corazón de nuevo.

–Te he dicho que no me llames así.

Él le acarició el brazo.

–Ya sabes que no siempre hago lo que me dicen –comentó.

Ella intentó apartarse, pero Angelo la agarró.

–¿Por qué estás haciendo esto? –le preguntó–. Estoy segura de que sabes cómo va a terminar.

Él bajó la vista a sus labios.

–Me da igual cómo termine –le contestó–. Solo me importa el presente.

Natalie bajó la vista a sus labios y deseó que la besase.

Angelo se acercó y ella contuvo la respiración, no pudo evitar humedecerse los labios al verlo.

–Sigue –le dijo él con voz profunda–. Sé que quieres hacerlo.

Y aquello fue como un jarro de agua fría para Natalie.

–Te equivocas.

Él le pasó un dedo por el labio inferior.

–Mentirosa.

Y Natalie tuvo que hacer un enorme esfuerzo para retroceder, pero lo hizo.

–Creo que deberías marcharte.

–¿Por qué? –le preguntó Angelo–. ¿No confías en ti misma estando cerca de mí?

–No voy a ser una esclava de tus deseos.

–¿Y qué hay de los tuyos propios? Tú también

los tienes. Puedes negarlo todo lo que quieras, pero están ahí. Lo siento cuando te toco.

–Lo que tuvimos hace cinco años se terminó –le dijo ella.

–Nunca terminó, aunque tú lo quisieras. Te dio miedo dar el siguiente paso, ¿verdad? Todavía te da miedo el matrimonio, pero me gustaría saber por qué.

–Vete.

–Antes quiero darte esto.

Angelo se sacó una cajita del bolsillo interior de la chaqueta y la dejó en la mesita del café.

–Te enviaré un coche el martes –le dijo–. Prepara maleta para una semana. Se supone que tendremos que ir de luna de miel. Si me haces la lista de las personas a las que quieres invitar a la ceremonia, mi secretaria se ocupará de todo.

–¿Qué quieres que me ponga? –le preguntó ella–. ¿Un saco de patatas cubierto de cenizas?

–Lo que tú quieras, me da igual, pero no olvides que habrá fotógrafos por todas partes.

–¿Esperas que deje mi vida aquí y te siga por el mundo como una loca enamorada? –inquirió ella.

–Dividiremos el tiempo entre tu casa y la mía –le dijo él–. Yo vivo en Londres, pero pretendo pasar un tiempo en Sorrento. Estoy dispuesto a ser flexible. Entiendo que tienes que atender tu negocio.

–¿Y si no quiero que estés en mi casa?

–Vete haciendo a la idea, Natalie. De que voy a

vivir en tu casa, y de muchas cosas más. Hasta el martes.

Natalie no tocó la cajita hasta que Angelo se hubo marchado. Dentro había un anillo estilo art decó con tres diamantes. Era precioso. Ni siquiera ella lo habría elegido mejor. Le quedaba perfecto. Un anillo perfecto para una relación imperfecta.

Se preguntó cuánto tiempo tardaría en devolverlo.

Capítulo 4

CUANDO llegó el martes, Natalie estaba en un estado de gran ansiedad.

Llevaba tres días sin comer y casi no había dormido solo de pensar en tener que ir en avión a Italia.

Angelo la había llamado todos los días, pero no le había contado cómo se sentía. Él le había asegurado que Lachlan estaba bien. Sus padres también la habían llamado para expresarle su satisfacción acerca de cómo se estaban desarrollando las cosas. Y su padre se alegraba de que su apellido no se fuese a manchar por culpa de Lachlan. Lo que más le molestaba a Natalie era que su madre no le hubiese preguntado cómo se sentía al ir a casarse con Angelo, pero Isla se había casado con su padre por el dinero y el prestigio. El amor no había tenido nada que ver.

También le molestó tener que mentir a sus amigas, sobre todo, a Isabel, pero esta había aceptado la noticia casi sin pestañear y le había dicho que siempre había pensado que todavía sentía algo por Angelo.

Natalie oyó un coche en la calle, se le encogió el estómago y empezó a sudar. Fue hacia la puerta con piernas temblorosas y al abrir se encontró con Angelo en persona.

–Voy... a por la maleta –le dijo, metiéndose un mechón de pelo detrás de la oreja.

–¿Estás bien? –le preguntó él con el ceño fruncido.

–Sí –respondió ella, apartando la mirada.

–Pues estás muy pálida. ¿No estarás enferma?

–Tengo que tomarme unas pastillas –le dijo ella, buscando en el bolso las pastillas para la ansiedad que le había recetado el médico–. Ahora vuelvo.

Fue a la cocina a por un vaso de agua y Angelo la siguió. Tomó la caja de pastillas y le preguntó:

–¿De verdad las necesitas?

–Dámelas –le contestó Natalie–. Tenía que habérmelas tomado hace una hora.

–¿Las tomas con regularidad?

–No –respondió ella mientras se metía un par en la boca–. Solo en caso de emergencia.

–¿Desde cuándo te da miedo volar? –le preguntó él con el ceño fruncido.

–Desde hace años.

–¿Y cuál fue la causa? ¿Algún accidente?

–No me acuerdo.

–¿Cuándo volaste por última vez?

–¿Podemos marcharnos? No quiero quedarme dormida en el coche.

Angelo miró a Natalie varias veces de camino al aeropuerto. Ya no estaba tan pálida, pero seguía pareciendo muy frágil. Tuvo la sensación de que había perdido peso, y tenía ojeras.

Tenía motivos para estar preocupada por su hermano. Esa semana lo habían llamado tres veces de la clínica de rehabilitación privada en la que lo había metido para informarlo de su mal comportamiento. Al parecer, el chico estaba empeñado en autodestruirse.

Después de hablar con el padre de Natalie se había dado cuenta de lo difícil que debía de ser tener un hijo que, por mucho que lo quisieses y lo intentases ayudar, se negaba a cooperar. Adrian Armitage le había insinuado que había tenido el mismo problema con Natalie. Se preguntaba si sería una cosa cultural. A él lo habían educado de manera estricta, pero justa. Sus padres le habían exigido respeto, pero se lo habían ganado con su dedicación y su amor. Y él esperaba hacer lo mismo con sus propios hijos algún día.

Apagó el motor después de haber aparcado y tocó a Natalie en el hombro.

–Eh, dormilona –le dijo–. Hemos llegado.

Ella parpadeó y se puso recta.

–Ah...

La llevó hasta donde estaba aparcado el jet privado agarrándola por la cintura. Natalie estaba nerviosa y tensa, pero Angelo consiguió que se sentase y se abrochase el cinturón.

–¿Puedo tomar una copa de vino blanco? –le preguntó ella.

–Por supuesto, aunque no sé si es buena idea mezclar alcohol con esas pastillas.

–No soy una niña –replicó Natalie.

–No, pero estás bajo mi protección –le contestó él–. Y no quiero que te pongas enferma o que pierdas la consciencia o algo así.

Natalie empezó a morderse las uñas y Angelo le garró la mano.

–Todo irá bien, *cara* –le aseguró.

–Quiero bajar –le dijo ella–. Por favor, ¿puedes pedirle al piloto que pare? Quiero bajar.

Angelo la rodeó con el brazo.

–Shh, *mia piccola* –la tranquilizó–. Concéntrate en respirar. Inspira y expira. Inspira y expira. Eso es, despacio.

Ella cerró los ojos y apoyó la cabeza en su pecho. Angelo le acarició el pelo y le habló en voz baja. Tardó más de lo que había esperado, pero Natalie acabó por dormirse y cuando despertó, estaban a punto de aterrizar en Roma.

–Ya está –le dijo él–. Lo has conseguido. No ha sido tan horrible, ¿no?

Ella asintió y se apartó el pelo de la cara.

–¿Me da tiempo a ir al baño?

–Claro. ¿Quieres que te acompañe?

Ella se ruborizó.

–No, gracias.

–Tal vez la próxima vez –comentó él en tono de broma.

* * *

Cuando llegaron a la casa que la familia de Angelo tenía en Roma, la prensa los estaba esperando.

–No te preocupes –le dijo él a Natalie, ayudándola a salir del coche–. Yo responderé a las preguntas.

Unos segundos después había satisfecho la curiosidad de los periodistas y estaban delante de la puerta de la casa. Un hombre mayor la abrió y saludó a Angelo.

–Sus padres están en el salón, *signor* Bellandini.

–*Grazie*, Pasquale –respondió él–. Natalie, este es Pasquale, lleva muchos años trabajando para mi familia.

–Encantada de conocerlo –lo saludó Natalie.

–Bienvenida –respondió él–. Me alegro de ver por fin feliz al *signor* Bellandini.

–Entra –le dijo Angelo a Natalie, poniéndole la mano en el hueco de la espalda para guiarla–. Mis padres se van a poner muy contentos al verte.

Nada más ver al padre de Angelo, Natalie supo a quién se parecía este. Francesca, por su parte, era menuda y parecía una mujer recatada, pero a sus amables ojos castaños no se les escapaba nada. Natalie se dio cuenta de que se estaba fijando en su pelo y en su maquillaje, en el estilo de su ropa, en la textura de su piel y en su figura.

–Esta es Natalie, mi prometida –los presentó Angelo–. Natalie... mis padres, Sandro y Francesca.

–Bienvenida a la familia –le dijo Francesca, dándole la mano–. Angelo nos ha hablado mucho de ti. Siento no haberte conocido hace cinco años. Le habríamos dicho que no te dejase marchar, ¿verdad, Sandro?

–Sí –afirmó Sandro, dándole la mano también–. Bienvenida.

Angelo la agarró por la cintura.

–Acompañaré a Natalie a su habitación antes de que nos tomemos una copa para celebrarlo.

–Maria os ha preparado la habitación veneciana –le dijo Francesca–. He pensado que no tenía sentido separaros. Ya habéis estado lejos demasiado tiempo, ¿no?

Natalie miró a Angelo, pero este le estaba sonriendo a su madre.

–Muchas gracias, *mamma* –le dijo.

Natalie esperó a estar con él a solas en el piso de arriba para acusarlo:

–Apuesto a que lo has hecho a propósito.

–¿El qué?

–No te hagas el inocente conmigo –insistió–. Sabías que tu madre nos pondría en la misma habitación, ¿verdad?

–Todo lo contrario. Pensé que nos pondría a cada uno en un extremo del pasillo –le dijo él–, pero ya te he dicho que es muy intuitiva. Ha debido de darse cuenta de lo mucho que me deseas.

Natalie lo fulminó con la mirada.

–No voy a compartir cama contigo.

–De acuerdo, puedes dormir en el suelo –le contestó él mientras se desabrochaba la camisa.

Ella frunció el ceño al verlo.

–¿Qué haces?

–Cambiarme de ropa.

Natalie clavó la vista en su duro abdomen. Era increíble, tan masculino, tan fuerte, tan moreno. Se giró y fue a mirar por la ventana, que daba al jardín.

–¿Por qué hiciste pensar a tus padres que fuiste tú quien terminó lo nuestro hace cinco años? –le preguntó.

–Quería que tuvieses un buen comienzo con ellos –admitió Angelo–. Soy su único hijo y a los padres no les gustan esas cosas.

Natalie se giró. Angelo se había quedado solo con los calzoncillos negros. El deseo hizo que se le encogiese el estómago. Había besado y probado cada centímetro de su cuerpo. Le había hecho el amor con la boca. Lo había tenido dentro y había sentido cómo llegaba al clímax en su interior. Se estremeció solo de recordarlo y tuvo que tomar aire.

–No quiero que cargues tú con la culpa –le dijo–. No me avergüenza haber roto nuestra relación. Era demasiado joven para casarme.

–Me temo que a mi madre eso no le valdría. Tenía dieciséis años cuando se enamoró de mi padre y nunca ha mirado a otro hombre desde entonces.

–¿Y tu padre le es fiel?

–¿Por qué me preguntas eso?

Natalie se encogió de hombros.

–Porque llevan mucho tiempo juntos y no es tan extraño que un hombre tenga un desliz.

–Mi padre se toma muy en serio los votos del matrimonio. En eso es igual que mi abuelo.

–¿Y tú, Angelo? –le preguntó Natalie.

Él se acercó y se quedó tan cerca que Natalie tuvo que hacer un esfuerzo por no acercarse todavía más, hasta tocarlo con su cuerpo. Tenía el corazón acelerado.

Angelo le puso una mano en la nuca.

–¿Por qué luchas tanto contigo misma? –le preguntó.

–Estoy luchando contra ti –replicó ella.

–Ambos queremos lo mismo, *cara*. Conexión, intimidad, satisfacción –le dijo Angelo.

Y Natalie deseó que la tumbase en la cama y la devorase.

Al final, no supo quién había terminado de acercarse. De repente, notó su erección en el vientre y sintió calor por dentro.

Sus labios se batieron en duelo contra los de él. No hubo amor ni ternura en aquel beso, solo un deseo primitivo que llevaba conteniendo demasiado tiempo.

Angelo la apretó contra su cuerpo y luego empezó a desabrocharle la camisa para poder acariciarle los pechos.

Natalie notó humedad entre los muslos y deseó tenerlo dentro.

Él dejó de besarla para acariciarle un pecho con la lengua y Natalie se dio cuenta de que le faltaba muy poco para echar a volar. Estaba empezando a temblar por dentro y la tensión era casi insoportable. Estuvo a punto de rogarle que calmase aquel delicioso dolor.

Angelo volvió a besarla, esa vez más despacio. Y Natalie sintió que se derretía.

–Dime que me deseas –le pidió él, apartando la boca de la suya.

–No te deseo –mintió ella.

Angelo rio.

–Podría demostrar que eso es mentira solo con meter la mano entre tus muslos.

Ella intentó retroceder, pero Angelo fue más rápido.

–Déjame –le dijo entre dientes.

Él la agarró por las muñecas.

–Vendrás a mí, *cara*, igual que en el pasado –le dijo–. Te conozco demasiado bien.

Ella lo miró desafiante.

–No me conoces –lo contradijo–. Tal vez conocieras mi cuerpo, pero no mi corazón.

–Eso es porque no dejas que nadie llegue a él, ¿verdad? Ya me ha dicho tu padre que eres muy complicada.

Natalie se quedó boquiabierta, indignada.

–¿Has hablado de mí con mi padre?

–Sí, le he pedido tu mano.

–Eres un hipócrita.

–Pensé que era lo correcto. Me hubiese gustado ir a verlo en persona, pero estaba de viaje –le dijo Angelo.

Natalie se imaginó dónde estaba su padre: con una rubia de bote con enormes pechos.

–Seguro que no dudó en darte mi mano –comentó–. Me sorprende que no te ofreciese dinero por casarte conmigo.

Él la miró a los ojos.

–También hablamos de la situación de Lachlan. Le he pedido que no se entrometa. Él ya ha hecho todo lo que ha podido con el chico. A veces es mejor dejar que otros lo intenten.

–Y ese otro has sido tú, porque estabas esperando la excusa perfecta para obligarme a volver a tu vida.

–No te equivoques, Natalie, fuiste tú la que vino a mí.

–Porque mi madre me suplicó que lo hiciera. Y seguro que fue mi padre quien la convenció.

–Tu padre me expresó su preocupación por ti cuando hablamos. Al parecer, tu hermano no es el único con problemas de actitud.

Natalie se fue a la otra punta de la habitación y se abrazó con fuerza. No podía estar más enfadada. Quería explotar. Seguro que su padre no le había contado a Angelo que había sido un tirano con ellos y que había empleado la violencia física en vez de intentar hablar.

Y seguro que no había mencionado a Liam.

De eso no se hablaba. Era como si jamás hubiese existido. No había quedado nada suyo en la mansión familiar. Su álbum de fotos estaba guardado bajo llave y la única foto que Natalie tenía de él había sido una que había encontrado poco después del funeral, durante los días en que todo el mundo había estado destrozado y distraído. La había tenido escondida hasta que había podido ponerla en su propia casa en Edimburgo.

Y, a pesar de los esfuerzos de su padre por borrar la tragedia de la muerte de Liam, su fantasma seguía persiguiéndolos a todos.

Hizo un esfuerzo por recuperar la compostura y cuando supo que tenía sus emociones bajo control, se giró muy despacio hacia Angelo.

–Seguro que la conversación te resultó muy esclarecedora.

–A tu padre le importas mucho –respondió él. La expresión de su rostro era indescifrable–. Como todos los padres, tu padre y tu madre solo quieren lo mejor para ti.

Natalie deseó sonreír, pero se contuvo.

–Y es evidente que mi padre piensa que tú eres lo mejor para mí –le dijo–. Y mi madre jamás se atrevería a contradecirlo. Así que todos contentos, ¿no?

Angelo la estudió con la mirada unos segundos antes de decir:

–Voy a darme una ducha. Estoy seguro de que mis padres se han esforzado mucho con la cena, así que, por favor, hazles los honores vistiéndote y comportándote adecuadamente.

–En contra de lo que haya podido decirte mi padre, sé cómo comportarme –le contestó ella mientras Angelo iba hacia el baño.

Al oír aquello, se giró y la miró a los ojos.

–Yo estoy de tu parte, *cara* –le dijo con una inesperada ternura.

Natalie notó como se le llenaban los ojos de lágrimas. Parpadeó y las contuvo. Luego hizo un movimiento brusco de cabeza y se giró para ir de nuevo hacia la ventana, pero no expiró hasta que no hubo oído el ruido de la puerta del baño al cerrarse.

Angelo se estaba poniendo los gemelos cuando oyó salir a Natalie del vestidor. Se giró y se quedó sin respiración al verla vestida con un vestido negro clásico, que le llegaba hasta la rodilla y unos zapatos negros de tacón. Llevaba además unos pendientes de diamantes y perlas y un colgante a juego. Se había maquillado poco, pero resaltando los ojos azules oscuros, la cremosa textura de su piel y los bonitos pómulos. Olió su perfume, una encantadora mezcla de lirio de los valles y madreselva que reflejaba su complejo carácter: Natalie era una dama de hielo y una seductora sirena al mismo tiempo.

Le preocupaba que una mujer tan bella por fuera fuese capaz de hacer las cosas de las que le había hablado su padre. Y cuanto más tiempo pasaba a su lado, más intrigado se sentía.

Era obstinada y desafiante, sí. Y le gustaba su independencia, pero también era evidente que adoraba a su hermano y que estaba dispuesta a hacer cualquier cosa para ayudarlo. ¿Cómo era posible que Adrian Armitage la definiese como egoísta e interesada?

–Parece que acabas de bajar de la pasarela de la Semana de la Moda de Nueva York.

Ella se encogió de hombros.

–Este vestido es de hace tres temporadas –le dijo–. Lo compré de rebajas, muy barato.

–Me gusta cómo llevas el pelo.

–Tengo que cortármelo.

–¿Por qué no te gustan los cumplidos? –le preguntó él–. Siempre los rechazas.

–Hazme todos los que quieras, lo soportaré –le contestó ella, levantando la barbilla.

–Eres preciosa.

–Gracias.

–Y extremadamente inteligente.

–Gracias.

–Y tienes un cuerpo increíble.

Natalie se ruborizó y apartó la mirada.

–Hace meses que no voy al gimnasio.

–Se supone que tienes que darme las gracias, no poner una excusa –le advirtió Angelo.

–Gracias –dijo ella, volviendo a mirarlo.

–Y eres la persona más fascinante que conozco.

–En ese caso, deberías salir más, Angelo.

–Tus ojos están llenos de secretos.

Natalie se puso tensa un momento al oír aquello.

–Todos tenemos secretos.

–¿Quién te ha regalado esas joyas? –le preguntó él.

–Me las he comprado yo –le respondió, llevándose la mano al colgante.

–¿Todavía tienes el collar que te compré en aquel puesto de artesanía?

Ella bajó la mano y tomó el bolso.

–Tus padres deben de estar preguntándose por qué tardamos tanto –le dijo.

–Mis padres deben de estar pensando que estamos recuperando el tiempo perdido –la corrigió él.

Natalie volvió a sonrojarse.

–Espero estar a la altura de sus expectativas, aunque supongo que nadie es nunca lo suficientemente bueno para los padres de un hijo único.

–Yo estoy seguro de que aprenderán a quererte si dejas que vean quién eres en realidad.

–Nadie es en realidad quien quiere ser. Todos nos dejamos llevar por los condicionamientos culturales y por las expectativas familiares. Estamos sujetos a los parámetros impuestos por otras personas y por la sociedad en la que vivimos.

–¿Y qué harías o dirías tú si eso no fuese así? –le preguntó Angelo.

Ella se encogió de hombros.

–De todos modos, nadie me escucharía.

–Yo te estoy escuchando.

–No deberíamos hacer esperar a tus padres –insistió Natalie, apartando la mirada de él.

Angelo le levantó la barbilla con un dedo.

–No te cierres ante mí, *cara* –le pidió–. Háblame.

Estoy cansado de este juego. No entiendo por qué no dejas que nadie se acerque a tu corazón.

–¿No te lo ha dicho mi padre? Soy una causa perdida. Soy egoísta e interesada y solo me importa lo que me afecta a mí.

–¿Por eso has accedido a sacrificarte por tu hermano? –le preguntó él.

Ella tragó saliva.

–Lachlan no es como yo –respondió–. Es sensible y vulnerable. Todavía no sabe cuidar de sí mismo, pero aprenderá. Solo necesita tiempo.

–Pues tú estás pagando un precio muy alto por ese aprendizaje.

Ella lo miró a los ojos.

–Lo he pagado todavía más.

Angelo intentó descifrar su mirada, pero no fue capaz.

–Me da igual cuánto tiempo tarde, pero no voy a parar hasta llegar a ver qué hay escrito en tu corazón –le advirtió.

–Pues buena suerte –le respondió ella en tono frívolo mientras iba hacia la puerta.

Luego se giró a mirarlo y le preguntó por encima del hombro:

–¿Vienes o no?

Capítulo 5

NATALIE recibió una copa de champán nada más entrar en el salón del brazo de Angelo.

–Es un momento tan feliz para nosotros –comentó Francesca–. Estábamos empezando a preguntarnos si Angelo no iba a sentar la cabeza nunca, ¿verdad, Sandro?

El padre de Angelo sonrió y levantó su copa.

–Cierto –respondió–, pero siempre supimos que solo se casaría por amor. Es una tradición de la familia Bellandini.

–También es lo habitual en nuestra época, ¿no? –comentó Natalie.

–Sí, por supuesto –dijo Francesca–, pero algunas familias todavía organizan las bodas de sus hijos.

–Yo opino que los padres no deberían meterse en las vidas de sus hijos hasta ese punto –comentó Natalie–. Cuando uno es adulto, le tienen que dejar decidir lo que quiere.

–Veo que has escogido a una mujer apasionada, Angelo –le dijo su padre–. La vida es mucho más emocionante al lado de una mujer con opinión propia.

Francesca le dio un codazo a su marido.

–Pues conmigo llevas treinta y seis años quejándote precisamente de eso.

Sandro tomó su mano y le dio un beso.

–Me encanta cómo eres, tesoro mío.

Natalie no pudo evitar compararlos con sus padres, que solo se hablaban cuando era necesario y que no se miraban con aquel brillo en los ojos. Casi ni soportaban estar juntos en la misma habitación.

–*Papa, mamma* –intervino Angelo–. Estáis avergonzando a Natalie.

Francesca se acercó a ella y la agarró de un brazo.

–Angelo me ha contado que eres una interiorista con mucho talento –le dijo–. Siento decir que no conocía tus creaciones hasta que no las busqué por Internet. ¿No tienes tiendas en Italia?

–Por el momento, solo he abierto tiendas en Gran Bretaña –respondió ella.

–¿Por qué? –le preguntó Francesca–. Los diseños son maravillosos.

–No me gusta viajar –admitió Natalie–. Sé que debería abrirme a Europa...

–No te preocupes –la interrumpió Francesca–. Angelo te ayudará. Pronto te conocerán en todas partes y yo estaré muy orgullosa de ti. Diré que eres mi nuera y que retiraré el saludo a quien no compre en tus tiendas.

Natalie pensó en lo que había dicho su padre al ver su última colección, que era «demasiado femenina» y «demasiado parisina». Se sentía mejor con la madre de Angelo, a la que solo conocía desde hacía cinco minutos, que con su propio padre.

–Le pediré a mi secretaria que te envíe un catálogo –le ofreció ella–. Si necesitas que te ayude con algo, estaré encantada.

–¿De verdad? –preguntó Francesca emocionada–. Lo cierto es que hace tiempo que quería cambiar la decoración de las habitaciones de invitados. Me encantaría que me ayudases. Eso crearía un bonito vínculo afectivo entre nosotras.

–Será un placer.

Francesca sonrió.

–Tengo que admitir que estaba muy nerviosa con tu llegada, pero ahora me alegro. Eres perfecta para Angelo. Lo quieres mucho, ¿verdad?

–Yo...

Francesca le apretó cariñosamente el brazo.

–Lo comprendo –le dijo–. No te gusta sentirte vulnerable, pero es evidente que lo quieres. No hace falta que lo digas en voz alta.

Angelo se acercó y abrazó a Natalie por la cintura.

–Entonces, ¿nos das tu aprobación, *mamma*?

–Por supuesto –le dijo su madre–. Es un cielo. Vamos a llevarnos estupendamente.

La cena fue alegre y cordial, también muy distinta a las que tenían lugar en casa de los padres de Natalie. Allí no hablaba nadie si su padre no le daba permiso.

Natalie no participó mucho en la conversación de aquella noche. Escuchó y observó cómo interactuaba Angelo con sus padres. Hablaron de política, de religión y de economía, pero nadie se enfadó ni se disgustó. Fue como ver un apasionante partido de tenis.

Después del café, Angelo colocó su mano en el cuello de Natalie.

–Vais a tener que perdonarnos, *mamma, papa*, pero Natalie está agotada.

–Por supuesto –le respondió su madre.

Sandro se puso en pie y, al igual que su esposa, besó a Natalie en ambas mejillas.

–Que descanses –le deseó–. Es un enorme privilegio darte la bienvenida a nuestra familia.

Natalie tuvo que hacer un esfuerzo para controlar sus emociones.

–Sois muy amables...

Angelo mantuvo la mano en su espalda mientras subían las escaleras.

–Casi no has cenado –comentó–. ¿Todavía no te encuentras bien?

–No –respondió ella–. No suelo comer mucho.

–Estás muy delgada. Yo creo que has perdido peso últimamente.

–Siempre adelgazo en verano.

Angelo abrió la puerta de su habitación.

–Mis padres te adoran.

–Son encantadores –respondió ella, esbozando una sonrisa–. Tienes mucha suerte.

Él cerró la puerta y la vio quitarse la horquilla que sujetaba su pelo. Deseó enterrar los dedos en él, hundir la nariz en su aroma.

–Duerme tú en la cama –le dijo–. Yo me iré a otra habitación.

–¿No les parecerá raro a tus padres? –preguntó ella, frunciendo ligeramente el ceño.

–Ya se me ocurrirá alguna excusa.

–No creo que pase nada porque compartamos la cama una o dos noches –le aseguró–. Ya no somos dos adolescentes con las hormonas fuera de control.

Angelo se sentía exactamente así, pero no se lo comentó.

–Entra tú primero al baño –le dijo–. Yo tengo que mandar un par de correos electrónicos.

Natalie entró en el baño y, cuando él volvió a la habitación, estaba profundamente dormida. Se quedó observándola y se preguntó en qué se había equivocado con ella. Tal vez se había precipitado al querer que se casase con él con solo veintiún años, pero había estado tan seguro de que era la mujer de su vida que no se había parado a pensar que podría decirle que no. Siempre había conseguido todo lo que había querido, formaba parte de ser hijo único en una familia muy rica. Nunca se había sentido decepcionado ni traicionado.

Ya la tenía donde quería tenerla, pero ninguno de los dos era feliz.

Se metió en la cama y se quedó escuchando su respiración. Deseaba abrazarla, pero quería que fuese ella quien diese el primer paso. Así que cerró los ojos y se obligó a relajarse.

Todavía no estaba dormido cuando notó que Natalie se ponía tensa y empezaba a sacudirse.

–¡No! –gritó–. ¡No! ¡No! ¡No! ¡Nooooo!

Él la abrazó e intentó tranquilizarla.

–Shh, *cara*. Es solo una pesadilla. Shh.

Natalie abrió los ojos y contuvo un sollozo, se tapó el rostro con ambas manos.

–No podía encontrarlo. No podía encontrarlo.

–¿A quién no podías encontrar, *mia piccola*? –le preguntó Angelo.

Ella negó con fuerza sin bajar las manos.

–Fue culpa mía –continuó–. Fue culpa mía.

–¿Qué fue culpa tuya? –le preguntó él, apartándole las manos.

Ella parpadeó y centró la vista en su rostro.

–Yo... Lo siento.

Y empezó a llorar. Angelo nunca la había visto llorar. La había visto furiosa y feliz, y en otros estados intermedios, pero nunca la había visto llorar.

–Eh –le dijo–. Ha sido solo un sueño, Tatty. No es real. Ha sido solo una pesadilla.

Ella lloró todavía más.

–Lo siento –repitió–. Lo siento. Lo siento. Lo siento.

–Shh –la calmó él, acariciándole el pelo y la cara–. No tienes nada que sentir. Tranquilízate. Esa es mi chica. Tranquilízate.

Natalie fue dejando de llorar poco a poco y después se acurrucó contra su pecho y volvió a dormirse, agotada. Angelo continuó acariciándole el pelo hasta el amanecer.

No habría podido dormir ni aunque lo hubiese intentado.

Natalie abrió los ojos y se encontró con los ojos oscuros y reflexivos de Angelo clavados en ella. Sabía que había ocurrido algo durante la noche, pero no sabía el qué.

–Espero no haber sido yo quien no te ha dejado dormir –le dijo–. No suelo dormir bien.

–No recuerdo que fuese así cuando estuvimos juntos.

–Duermo mejor en invierno –comentó ella.

–Por eso decidiste irte a Escocia.

–Tal vez debería irme a la Antártida o al Polo Norte.

–Tal vez deberías compartir con alguien esos sueños.

Natalie salió de la cama y se puso una bata encima del camisón.

–Y tal vez tú no deberías meterte donde no te llaman.

Angelo se levantó también y se acercó a ella.

–No me alejes de ti, Natalie. ¿No te das cuenta de que estoy intentando ayudarte?

Ella lo fulminó con la mirada.

–No necesito tu ayuda. Estaba bien hasta que tú llegaste y lo estropeaste todo. Tú y tus estúpidos planes de venganza. ¿Quién eres para arreglar mi vida? No sabes nada de mi vida.

–¿Por qué estás tan a la defensiva? –le preguntó él–. ¿Qué te ha pasado para que estés así?

Natalie cerró los ojos con fuerza para intentar controlarse.

–No necesito que me psicoanalices, Angelo. Estaba bien hasta que volviste a mi vida.

–No estás bien y quiero ayudarte –insistió él.

Ella le dio la espalda.

–No necesitas que complique tu vida. Puedes tener a quien quieras. No me necesitas.

–Te necesito –la contradijo él–. Y tú a mí.

Y Natalie se sintió como si le acabase de arrancar el corazón. ¿Por qué no se daba cuenta Angelo de que no era la persona adecuada para él?

–Te mereces a alguien que pueda amarte –le dijo–. Y yo no soy capaz de hacerlo.

–No sé qué te ha pasado en la vida para que pienses así –le dijo él–. Claro que eres capaz de amar, Natalie, pero ocultas tus sentimientos para que nadie los vea.

Ella se agarró el puente de la nariz y notó como los ojos se le llenaban de lágrimas.

–He destrozado ya muchas vidas –sollozó–. He intentado ser una buena persona, pero en ocasiones no es suficiente.

–Eres una buena persona –le aseguró Angelo–. ¿Por qué eres tan dura contigo misma?

Natalie volvió a sentirse angustiada. Llevaba cargando con aquel peso desde los siete años y no podía más.

–Cuando era niña pensaba que el mundo era un lugar mágico –comentó–. Pensaba que solo tenía que desear algo mucho para poder tenerlo.

–Es la magia de la niñez –le dijo él–. Todos los niños piensan eso.

–Pues la vida no es así. Nunca ha sido así. La vida es un largo viaje de infinito sufrimiento.

–¿Por qué te parece tan difícil la vida? –le preguntó Angelo–. Procedes de una buena familia. Tienes salud y un techo, comida en la mesa. ¿Por qué te sientes tan mal? Hay muchas personas que están bastante peor que tú.

Ella puso los ojos en blanco y fue hacia el baño.

–No esperaba que me comprendieras.

–Haz que te comprenda.

Natalie se giró y lo miró. Parecía preocupado y estaba muy serio. No soportaría que la mirase con desprecio y horror si le contaba la verdad. Suspiró y empujó la puerta.

–Voy a darme una ducha –le dijo–. Nos veremos abajo.

Angelo se estaba tomando un café cuando Natalie bajó a desayunar. Volvía a ser la dama de hielo de siempre.

Él se levantó de la mesa y le ofreció una silla.

–Mi madre te ha organizado una mañana de compras –le explicó–. No tardará en venir.

–Pero si no tengo que comprarme nada –protestó ella, frunciendo el ceño mientras se sentaba.

–¿No se te olvida algo? –le preguntó él–. Nos vamos a casar el sábado.

Natalie apartó los ojos de los suyos y se puso una servilleta en el regazo.

–No pensaba comprarme un vestido –admitió–. Tengo uno en color crema que podría pasar.

–No es solo tu boda, *cara* –le recordó él–. También es la mía. Nuestras familias están deseando celebrarlo con nosotros y quiero que vayas como una novia de verdad.

–No quiero parecer un merengue –le advirtió Natalie en tono desafiante–. Y no esperes que me ponga velo.

Angelo apretó los dientes para controlarse y se arrepintió de haber sacado su lado más tierno con ella la noche anterior.

–Te pondrás lo que yo te diga que te pongas –le dijo–. ¿Entendido?

–¿Te hace sentir más hombre y más duro, obligarme a hacer lo que tú quieres? –inquirió ella.

Y Angelo se sintió fatal por dentro.

–Quiero que el día de nuestra boda sea un día para recordar. Y no voy a permitir que lo estropees comportándote como una niña. Eres una adulta y espero que te comportes como tal.

–¿Es eso todo, señor? –le preguntó ella.

Angelo se apartó de la mesa y tiró su servilleta.

–Nos veremos el sábado en la capilla –le dijo–. Hasta entonces, tendré que trabajar.

–¿Quieres decir que me vas a dejar aquí... sola?

–Con mis padres.

Natalie tuvo que tragar saliva varias veces antes de volver a hablar.

–No me lo habías dicho. Pensé que ibas a estar pegado a mí hasta el último momento, por si se me ocurría intentar huir.

Angelo apoyó las manos en la mesa y la miró a los ojos.

–Ni lo pienses, Natalie –le advirtió–. Si no, te prometo que lo pagaré con tu hermano. No podrá ir a Harvard. Ni a ninguna otra universidad. Y pasaran varios años antes de que vuelva a ver la luz del sol. ¿He sido lo suficientemente claro?

–Como el agua –respondió ella.

Él mantuvo la mirada unos segundos más antes de erguirse y ajustarse la corbata.

–Intenta no meterte en problemas –añadió–. Te llamaré luego. *Ciao.*

Capítulo 6

LA CAPILLA que había en la casa de los abuelos de Angelo, que estaba a cuarenta y cinco minutos de Roma, se hallaba repleta de gente cuando Natalie llegó en la limusina con su padre. Los días anteriores habían pasado muy rápidamente, con los preparativos. Y ella se había dejado llevar para no disgustar a los padres de Angelo, que habían hecho todo lo posible para que se sintiese bien en su casa.

Había hablado con Angelo por teléfono todos los días, pero lo había notado distante y poco comunicativo, y las llamadas no habían durado más de un minuto o dos. No había vuelto a ver en él al hombre amable y cariñoso de varias noches antes y Natalie se preguntó si no se estaría arrepintiendo de querer casarse con ella.

Sus padres habían volado a Roma el día anterior y su padre se había metido inmediatamente en el papel de padre entregado. Su madre, como siempre, iba a su lado de adorno, con sus diamantes y su ropa de diseño, y un leve olor a coñac que ningún caramelo de menta podía disfrazar.

Su padre la ayudó a salir del coche.

–Lo has hecho muy bien –le dijo–. Angelo Bellandini es un buen partido. Es una pena que sea italiano, pero eso se compensa con su dinero.

–Y supongo que debería darte las gracias a ti, ¿no? –comentó ella en tono amargo.

Su padre la miró con frialdad y le dijo en un susurro:

–¿Qué querías que hiciera, idiota? –le preguntó–. El futuro de tu hermano depende de esto.

Pero ella no respondió, hacía mucho tiempo que había aprendido a no hacerlo.

Angelo parpadeó al ver a Natalie entrar en la capilla. El corazón le dio un vuelco al verla avanzar por el pasillo. Llevaba un vestido de novia en tono marfil, decorado con pedrería, que se ceñía a sus delgadas curvas. Tenía una pequeña cola que flotaba tras de ella, haciéndola parecer todavía más etérea, y un velo corto fijado a una tiara de princesa que no conseguía disimular la palidez de su rostro. Lo estaba mirando mientras avanzaba hacia él, pero Angelo no estaba seguro de que lo estuviese viendo. Tenía la mirada como perdida y él se sintió culpable por haber hecho las cosas como las había hecho.

Tomó sus manos y ella se acercó. Estaba helada.

–Estás preciosa –le dijo.

Ella movió los labios, pero no fue capaz de sonreír.

–Ha elegido el vestido tu madre –le respondió.

–Me gusta el velo.

–Mantiene a las moscas alejadas.

Angelo sonrió y le apretó las manos mientras el sacerdote se dirigía a los asistentes. Notó que le temblaban los dedos y, por un instante, se apoyó en él como si necesitase su fuerza, pero luego sus dedos se quedaron inmóviles y sin vida entre sus manos.

–... y ahora ya puedes besar a la novia.

Natalie contuvo la respiración mientras Angelo le levantaba lentamente el velo y tuvo que vencer a una inesperada lágrima. Se había propuesto no emocionarse con la sencilla ceremonia, pero no lo había conseguido del todo. Las promesas que habían hecho le habían recordado todo lo que siempre había deseado en secreto: un amor para toda la vida, que la mimasen, la protegiesen, la adorasen... la aceptasen.

Entonces, Angelo le dio un beso en los labios. A media ceremonia, Natalie había empezado a desear que aquello fuese real. Que Angelo la amase de verdad y que realmente quisiera pasar el resto de su vida con ella a pesar de sus «problemas de actitud».

Recordó lo que le había dicho su padre y rompió el beso. Si a Angelo le molestó que lo hiciera, no se le notó. La agarró del brazo y se dirigió al exterior para saludar a los invitados.

La recepción tuvo lugar en el maravilloso jardín de la casa de los abuelos de Angelo. El champán fluía a raudales y la comida era exquisita, pero Natalie casi no probó bocado. Vio como su padre cautivaba a todo el mundo y como su madre vaciaba una copa de champán tras otra y hablaba demasiado.

–Parece que tu madre se está divirtiendo –comentó Angelo, acercándose a ella después de haber estado hablando con su abuelo.

Natalie se mordió el labio al ver que Isla se ponía a bailar con uno de los tíos de Angelo.

–En el fondo es muy tímida, pero intenta compensarlo bebiendo –comentó–. Ojalá no lo hiciera. No sabe parar.

Él la agarró del codo y la llevó hacia una terraza cubierta y alejada del ruido de la música de la celebración.

–Pareces agotada –le dijo–. ¿Ha sido demasiado para ti?

–Jamás pensé que sonreír cansase tanto –comentó ella haciendo una mueca.

–Supongo que cansa si no estás acostumbrada.

Natalie apartó la mirada de la de él. Angelo tenía una manera de observarla que la hacía sentirse como si pudiese sentir su infelicidad. Había intentado disfrutar de la vida, pero no pasaba un día sin que pensase en todo lo que se había perdido su hermano pequeño por su culpa.

–Me gustan tus abuelos –le dijo–. Se les ve muy enamorados, a pesar de llevar tanto tiempo juntos.

–¿Los tuyos todavía viven?

–Sí.

–¿Por qué no los has invitado?

–Porque no tenemos mucha relación con ellos –comentó.

Todo había cambiado desde la muerte de Liam. No solo había perdido a un hermano, sino a toda su familia. Todos habían ido apartándose de ella.

Se hizo un breve silencio.

–Siento que Lachlan no haya podido venir –le dijo Angelo–. Va en contra de las normas.

–¿Dónde está? –le preguntó ella, volviendo a mirarlo.

–En una clínica privada en Portugal –le contó él–. Tendrá que estar allí por lo menos un mes.

Natalie se sintió tan aliviada que no fue capaz de hablar durante varios segundos.

–No sé cómo agradecértelo... Estaba tan preocupada por él.

–Tiene mucho trabajo por delante –le dijo Angelo–. Quiere que lo ayuden, pero luego no se deja ayudar.

–Lo sé... –admitió ella suspirando–. Tiene problemas de autoestima. Se odia a sí mismo. Nunca se considera lo suficientemente bueno para nada.

–¿Para tus padres?

–Sobre todo, para mi padre...

–A veces las relaciones padre-hijo son complicadas –comentó Angelo–. Yo también tuve problemas con el mío. Es uno de los motivos por los que me fui a Londres.

Natalie anduvo con él hasta una fuente rodeada de baldosines.

–Es evidente que los habéis solucionado –le dijo–. Tu padre te adora, y tú también lo adoras y lo respetas a él.

–Es un buen hombre. Y es probable que me parezca a él más de lo que me gusta admitir.

Ella observó el agua de la fuente y se preguntó qué pensaría Angelo si le contaba cómo era en realidad su padre. ¿La creería?

Probablemente, no. Su padre se le había adelantado para ponerlo de su parte. Durante toda su vida, siempre le había dicho a todo el mundo que era una chica complicada, testaruda y egoísta, fría y desagradecida.

–Supongo que deberíamos volver con los invitados –sugirió en su lugar.

–No tardaremos en marcharnos –le dijo él, echando a andar hacia donde estaba el resto de la gente–. Me gustaría que estuviésemos en Sorrento antes de la medianoche.

A Natalie se le encogió el estómago al pensar en pasar la noche a solas con él. No sabía cuánto tiempo más iba a poder resistirse a la atracción que había entre ambos. Lo seguía deseando con la misma ansia que siempre.

Pensó que una cosa sería entregarse a él físicamente y, otra muy distinta, abrirle su corazón. ¿Qué haría si le enseñaba todo lo que tenía dentro y él la abandonaba?

Natalie se quedó dormida nada más empezar el viaje a Sorrento y se despertó cuando el coche, conducido por un chófer, se detuvo. Al abrir los ojos, se dio cuenta de que estaba hecha un ovillo en el regazo de Angelo y que este le estaba acariciando el pelo.

–Ya hemos llegado –anunció.

Ella se sentó y se apartó el pelo de la cara.

–Creo que te he babeado los pantalones –le dijo, haciendo una mueca, avergonzada–. Lo siento.

Él sonrió.

–No te preocupes. He disfrutado mucho viéndote.

La casa estaba situada en lo alto de un acantilado, frente al mar. Tenía unas vistas espectaculares del puerto de Sorrento y de los pintorescos pueblos de la costa. El enorme terreno que la rodeaba hacía que ofreciese un alto nivel de privacidad.

Angelo dejó que el chófer se ocupase de las maletas y condujo a Natalie al interior de la casa.

–La que voy a convertir en hotel es mucho más grande que esta –le contó–. Iremos a verla mañana o pasado.

Natalie miró a su alrededor.

–Es preciosa –comentó–. ¿Hace mucho tiempo que la tienes?

–La compré hace un par de años. Me gusta porque ofrece mucha intimidad. Es casi el único lugar en el que puedo estar sin que me moleste la prensa.

–Supongo que es adonde traes a todas tus amantes –comentó Natalie sin poder evitarlo.

Él la miró fijamente mientras se aflojaba la corbata.

–Pareces celosa.

–¿Por qué iba a estarlo? No eres mío. Ni yo tuya.

Angelo tomó su mano izquierda y la levantó.

–¿No se te está olvidando algo? –le dijo–. Estamos casados. Nos pertenecemos el uno al otro.

Natalie intentó zafarse, pero él la agarró con más fuerza.

–¿Cómo vas a pertenecerme si me has obligado a casarme contigo? Hace cinco años decidí dejarte y seguir sola con mi vida, pero tú has tenido que hacer las cosas a tu manera.

–Ya basta, Natalie –le dijo él–. Estás cansada. Y yo también. No es el momento de ponernos a discutir.

Ella consiguió liberar su mano y notó que perdía el control.

–¡No me digas que pare! ¿Cómo dices que me perteneces? Yo aquí no pinto nada. Sé lo que te propones, Angelo. Sé cómo pensáis los hombres como tú. Pretendes conseguir que me enamore de ti para después pegarme el palo, pero eso no va a ocurrir porque no me voy a enamorar de ti.

Él la miró con una calma impertérrita.

–¿Te encuentras mejor después de haberme dicho todo eso?

Ella levantó la barbilla y lo retó con la mirada.

–¿Por qué no vienes a buscar lo que has comprado? –inquirió–. Venga, Angelo. Ahora soy tu marioneta. ¿Por qué no vienes a tirar de los hilos?

Él apretó la mandíbula y la recorrió con la mirada de la cabeza a los pies. Y Natalie se sintió como si la estuviese desnudando. Sintió que le ardía la piel y que prendía un infierno entre sus muslos.

Pero entonces el gesto de Angelo volvió a ser impasible.

–Hasta mañana –le dijo–. Espero que duermas bien. *Buonanotte*.

Inclinó la cabeza, se dio la media vuelta y se marchó.

Natalie escuchó como el eco de sus pisadas en el suelo de terracota se iba alejando hasta que solo quedó el ruido de su propia respiración acelerada...

El dormitorio que Natalie había escogido para dormir estaba en la tercera planta de la casa. Cuando despertó, el sol entraba por las ventanas en forma de arco. Apartó las sábanas y fue a admirar las vistas del jardín. Había una piscina en una de las terrazas, rodeada de frondosos matorrales. Vio a Angelo, delgado y bronceado nadando.

Se apartó de la ventana antes de que este la sorprendiese observándolo y fue hacia la ducha.

Cuando bajó el desayuno estaba encima de una mesa de hierro forjado, en un soleado patio rodeado de buganvilla. El olor a café recién hecho la atrajo hacia la mesa, se sirvió una taza y se acercó al extremo de la terraza para ver desde allí el puerto de Sorrento.

Se giró al oír los pasos de Angelo saliendo de la casa. Iba vestido con unos chinos de color gris y una camisa blanca remangada. Todavía llevaba el pelo húmedo. Estaba muy guapo y parecía lleno de vitalidad.

–Pensé que tal vez te apeteciese nadar un rato –comentó.

–No me gusta mucho nadar –dijo ella apartando la mirada–, prefiero los deportes de tierra.

Él le ofreció una silla.

–¿Quieres algo caliente para desayunar? –le preguntó–. ¿Te preparo una tortilla o algo así?

Natalie lo miró sorprendida.

–¿No tienes una señora que te lo hace todo?

–Tengo a una persona que viene un par de veces por semana, pero prefiero estar solo cuando estoy aquí.

–Ah, las dificultades de tener millones y millones de dólares –comentó Natalie en tono sarcástico.

–Tú también creciste en una buena familia –comentó Angelo–. Tu padre es un inversor con mucho éxito. Me contó cómo había conseguido sobrevivir a la crisis financiera. Es un hombre muy listo.

Ella tomó una fresa del frutero que había en la mesa.

–Se le dan bien muchas cosas –comentó, dándole un mordisco.

Angelo la observó.

–¿No os lleváis muy bien, verdad? –le preguntó.

–¿Por qué dices eso? –dijo ella, dándole otro mordisco a la fresa.

–Te estuve observando ayer en la fiesta. Te ponías tensa cada vez que se acercaba a ti. No le sonreíste ni una vez.

Ella se encogió de hombros y tomó otra fresa.

–Se podría decir que tenemos una relación tensa –admitió–, pero, bueno, ya te dijo lo complicada que soy cuando hablaste con él, ¿no?

–Eso te molestó mucho, ¿verdad?

–Por supuesto que me molestó –dijo ella–. Se le da bien poner al jurado de su parte. Nadie cuestiona su opinión. Es el marido y el padre perfecto. En público no se comporta como en privado. No lo conoces, Angelo. No sabes de qué es capaz. Te sonríe a la cara mientras te está clavando un cuchillo por la espalda, y ni te enteras. No lo conoces.

El silencio que siguió a aquello hizo que Natalie se sintiese muy desprotegida. No podía creer que hubiese dicho todo aquello.

–¿Te da miedo tu padre, *cara*? –le preguntó Angelo con el ceño fruncido.

–Ya no –respondió ella–. He aprendido a no permitir que tenga ese poder sobre mí.

–¿Te ha hecho daño de algún modo en el pasado?

–¿Qué vas a hacer, Angelo? –le preguntó ella–. ¿Darle un puñetazo?

Él la miró muy serio.

–Si alguien se atreve a ponerte la mano encima, haría mucho más que darle un puñetazo –le dijo.

Ella notó como caía una de las barreras que tenía alrededor del corazón y eso la aterró.

–No sé si sabes que, para ser tan moderno y sofisticado, a veces eres increíblemente anticuado –comentó.

Angelo tomó su mano.

–Ya no tienes que tenerle miedo a nadie, *cara* –le aseguró–. Ahora estás bajo mi protección.

Natalie bajó la vista a sus manos. Estaba empezando a sentirse unida a él, mucho más que en el pasado. Sintió miedo.

Apartó la mano y tomó un panecillo.

–¿Qué vamos a hacer en nuestra no luna de miel?

Él siguió mirándola a los ojos.

–¿Durante cuánto tiempo más crees que vas a lograr seguir fingiendo que no me deseas? –le preguntó.

Ella dejó escapar una risa forzada.

–Tuviste tu oportunidad anoche y la estropeaste.

–Me sentí muy tentado a ponerte en evidencia.

Natalie notó calor y humedad entre las piernas.

–¿Y por qué no lo hiciste? –le preguntó, arqueando una ceja.

–Porque no me gusta que me manipulen –le contestó él–. Querías deshacerte de toda responsabilidad. Sabes que me deseas y eso no te gusta. Has aprendido a no querer ni necesitar a nadie y te molesta sentir lo que sientes por mí, ¿verdad?

Natalie intentó contener sus emociones, pero tuvo que levantarse bruscamente de la mesa.

–No tengo por qué escucharte –le dijo, tirando la servilleta encima de la mesa.

–Eso es –comentó él en tono burlón–. Huye. Eso es lo que haces siempre, ¿no?

Ella lo fulminó con la mirada, tenía los puños cerrados y la espalda muy recta.

–No soy ninguna cobarde.

Angelo se acercó a ella sin dejar de mirarla a los ojos y Natalie deseó salir corriendo, pero se obligó a quedarse donde estaba.

–¿Cuánto tiempo más crees que vas a poder seguir huyendo? –le preguntó él–. ¿No te ha dicho nunca nadie que tus sentimientos van contigo? No puedes dejarlos atrás. Te siguen adonde vayas.

–No siento nada por ti –espetó ella.

Angelo rio.

–Claro que no, Tatty.

–Deja de llamarme así.

–¿Qué vas a hacer para impedírmelo? –le preguntó él sonriendo.

Ella dio un paso al frente y apoyó el puño cerrado en su pecho para hacerlo retroceder.

–Para ya, maldito seas –le dijo.

–¿Eso es todo lo que vas hacer? –continuó él en tono burlón.

Natalie levantó la otra mano para darle una bofetada, pero Angelo se la agarró.

–No, no, no. Eso no está permitido. Podemos jugar sucio, pero no tan sucio –le advirtió.

Natalie notó su erección en el vientre y eso encendió su deseo. Se tiró sobre él y lo agarró del pelo para hacer que bajase el rostro y poder besarlo. Él la dejó hacer unos segundos y luego tomó el control del beso.

Natalie se apretó contra su cuerpo, quería más, lo quería todo.

Lo quería ya.

Lo agarró con fuerza por el trasero para sentirlo todavía más. Estaba muy excitado, tanto como ella. Nunca lo había deseado tanto.

Se sintió emocionada al ver que Angelo la tomaba en brazos y la llevaba al interior de la casa, pero no a un dormitorio. Ni siquiera se molestó en desnudarla. Le levantó el vestido y la apoyó en la primera pared que encontró sin dejar de besarla. Tampoco se molestó en quitarle las braguitas, solo las apartó para poder meterle un dedo entre los muslos.

Natalie dio un grito ahogado y él gimió también con satisfacción. Siguió torturándola con sus caricias e hizo que se aferrase a él desesperadamente. Cuando por fin llegó al clímax, se tuvo que apoyar en su cuerpo. Supo que habría más. Con Angelo, siempre había más.

Ella le bajó la cremallera de los pantalones y tomó su erección con la mano; estaba dura y caliente. Angelo la deseaba tanto como ella a él. Siempre había sido así. Siempre habían hecho el amor de manera apasionada, siempre había sido una locura.

Angelo le apartó la mano y se puso un preservativo antes de volver a apoyarla contra la pared para penetrarla. Y atrapó con su boca un gemido mientras entraba y salía de ella con vertiginosa urgencia.

La tensión volvió a crecer dentro de Natalie. ¡Había pasado tanto tiempo! Sus cuerpos se entendían tan bien. Ella se sentía tan bien. Era perfecto.

Gimió al llegar al segundo orgasmo y todavía se estaba sacudiendo por dentro cuando Angelo llegó al clímax también. Notó como se ponía tenso y se estremecía de placer mientras respiraba con dificultad contra su cuello.

Tardó un segundo o dos en apartarse de ella. Su expresión era indescifrable. Se subió la bragueta y se colocó la camisa. Y Natalie sintió añoranza del pasado, de cuando habían terminado con una sonrisa y abrazándose.

Pero pronto recuperó la compostura, se bajó el vestido y levantó la barbilla.

–¿Este juego sucio te ha gustado más? –le preguntó.

Él la miró a los ojos.

–Por ahora.

Y ella sintió una deliciosa sensación de placer al ver que clavaba los ojos en su boca.

Se apartó de la pared e hizo un pequeño gesto de dolor.

–¿Te he hecho daño? –le preguntó él inmediatamente, preocupado.

–Estoy bien.

Angelo la agarró por la muñeca y le acarició la sensible piel.

–Lo siento –le dijo–. No tenía que haber sido tan brusco. Tenía que haberme tomado mi tiempo contigo, te tenía que haber preparado más.

Ella se encogió de hombros como si no importase y apartó la mano de la de él.

–Ahórrate los gestos románticos para alguien por quien no tengas que pagar.

A Angelo le brillaron los ojos.

–¿De verdad quieres que nuestra relación sea así? –le preguntó.

–Si no te gusta cómo es nuestra relación, es culpa tuya. Tú insististe en que nos casásemos. Yo ya te dije que no estaba hecha para el matrimonio.

–Quería concederte el honor de hacerte mi esposa –comentó él en tono amargo–, pero es evidente que te gusta mucho más el papel de fulana.

Sacó la cartera, buscó unos billetes y se los metió en el escote del vestido.

–Con esto debería ser suficiente –dijo.

Natalie se sacó los billetes del vestido, los rompió y los tiró a sus pies.

–Vas a necesitar mucho más que eso para conseguir que vuelva a acostarme contigo.

–Estás dando por hecho que voy a querer hacerlo –replicó él antes de darse la media vuelta y marcharse.

Capítulo 7

NATALIE se pasó la mayor parte del día en su habitación. Oyó a Angelo por la casa, pero se negó a interactuar con él. Iba a evitarlo todo lo que pudiese. El hambre era un inconveniente menor. Su estómago rugió con el paso de las horas, pero ella se mantuvo inflexible.

Eran casi las ocho de la tarde cuando oyó pasos y llamaron a la puerta.

–¿Natalie? –la llamó Angelo.

–Márchate.

–Abre la puerta.

Ella se abrazó con fuerza y siguió sentada en la cama.

–Te he dicho que te marches.

–Si no abres la puerta, te prometo que la tiraré abajo –le advirtió él.

Natalie barajó sus opciones y decidió que lo mejor sería no tentar a la suerte en esa ocasión. Bajó de la cama y fue a abrir.

–¿Qué?

–¿Podemos hablar?

Natalie se apartó para dejarlo entrar y se cruzó de brazos.

–¿Estás bien? –le preguntó Angelo.

–Sí, gracias.

Él tomó aire y lo soltó muy despacio.

–Quería disculparme por lo que ha ocurrido esta mañana. Lo que te he dicho es imperdonable.

–Tienes razón. Y no te perdono.

Angelo se pasó una mano por el pelo y, a juzgar por lo despeinado que estaba, no era la primera vez del día que lo hacía.

–También quería disculparme por haber sido tan brusco contigo –añadió–. Pensé... no sé lo que pensé. Tal vez no pensé. Te deseaba. Nunca he deseado a nadie como te deseo a ti.

Natalie notó que empezaba a ablandarse. Sintió deseo ella también.

–Disculpas aceptadas –le dijo.

Angelo se acercó más y le acarició la mejilla derecha mientras buscaba sus ojos.

–¿Podemos empezar otra vez? –le preguntó.

Ella frunció el ceño.

–¿Desde dónde?

–Hola, me llamo Angelo Bellandini y soy hostelero y promotor inmobiliario –le dijo él sonriendo–. Soy el hijo único de una familia italiana con mucho dinero. Quiero ayudar a mi padre a dirigir su negocio mientras trabajo también en el mío propio.

Ella suspiró resignada.

–Hola, yo soy Natalie Armitage y soy diseñadora de interiores, tengo una línea de ropa de casa y algunos muebles.

Luego se mordió el labio inferior y añadió:

–Me da miedo volar...

Él le acarició la mejilla con el dedo pulgar.

–¿Cuántos años tenías la primera vez que te dio miedo?

–Siete...

–¿Qué ocurrió?

Ella se apartó y bajó la mirada.

–Preferiría no hablar de eso con un extraño.

–Yo no soy un extraño. Soy tu marido.

–No porque te haya elegido yo.

–No hagas eso, Natalie.

–¿El qué? –inquirió ella–. Me has chantajeado para que vuelva a tu vida y ahora quieres que me abra a ti como si fuésemos almas gemelas. No se me da bien abrirme a la gente. Soy introvertida y reservada. Debe de ser por mi origen escocés. No somos tan apasionados como vosotros, los italianos. Tendrás que aceptarme como soy.

–Eres mucho más apasionada de lo que piensas –le aseguró él–. Y tengo marcas de tus uñas en la espalda que lo demuestran.

Natalie sintió como la pasión cobraba vida dentro de ella. Deseó tener la fuerza de voluntad necesaria para retroceder, pero su cuerpo estaba fuera de control.

Angelo bajó la cabeza y ella la levantó y se estremeció cuando sus labios se tocaron. Notó calor entre las piernas y se frotó contra su erección, desesperada por alcanzar un clímax que solo él podía proporcionarle.

Angelo retrocedió un poco, respirando con dificultad.

–Vamos demasiado deprisa.

–No –lo contradijo ella, empujándole la cabeza hacia abajo para seguir besándolo.

Él empezó a desnudarla despacio, besando cada parte de su cuerpo que se quedaba sin ropa. Y ella tiró de su camisa con urgencia, para quitarle la ropa lo antes posible. Una vez desnudo, le acarició la erección, disfrutando de la sensación y de la reacción de Angelo ante sus caricias.

Luego se agachó y utilizó la lengua para seguir excitándolo.

–Ya no aguanto más –le dijo él enseguida, ayudándola a incorporarse.

La llevó a la cama y se tumbó encima de ella. Después de besarla apasionadamente y acariciarle los pechos y entre los muslos, bajó por su cuerpo para acariciarla también con la lengua y con los labios. Natalie se dejó llevar por la sensación de placer, se dejó flotar.

Y cuando abrió los ojos vio que Angelo la estaba mirando.

–¿Quieres que yo termine también con tus caricias? –le preguntó.

Ella frunció el ceño.

–¿No prefieres hacerlo dentro de mí?

–No quiero hacerte daño –le dijo él–. Es posible que sigas un poco dolorida.

Ella le acarició el rostro.

–Quiero tenerte dentro –le dijo.

Y Angelo sonrió.

–Tendré cuidado. Y, si te hago daño, dímelo para que pare.

–No soy virgen, Angelo –comentó ella, echándose a reír al verlo tan preocupado–. Puedo aguantar todo lo que me eches.

–Luego no me digas que no te lo advertí –dijo él antes de darle un beso.

Angelo se tumbó de lado y observó cómo dormía Natalie.

Seguía sin entender por qué no quería abrirle su corazón. Pensó en su ruptura, en cómo le había anunciado Natalie que lo dejaba. Había vuelto de pasar tres días trabajando en Gales y se la había encontrado con las maletas hechas. Natalie le había dicho que se había acostado con un hombre al que había conocido en un bar. Él había permanecido en silencio, preguntándose si sería una broma.

Su relación había sido volátil en ocasiones, pero Angelo nunca había pensado que Natalie podía marcharse. De hecho, había planeado pedirle que se casase con él esa misma noche. Pero ella le había enseñado una fotografía en la que estaba con otro y se había puesto furioso.

No se enorgullecía de lo que le había dicho ese día. Y se avergonzaba de haberla levantado contra la pared para darle un beso brutal que los había hecho sangrar a ambos.

En esos momentos, la vio allí dormida, como un ángel, y supo que había querido que él pensase que lo había traicionado, pero ¿por qué?

¿Acaso no le había demostrado y dicho lo mucho que la quería? Pero Natalie nunca se lo había tomado en serio. ¿Por qué había estado tan desesperada por sacarlo de su vida?

Todavía tenía el ceño fruncido cuando ella abrió los ojos y se estiró como un gato.

–¿Qué hora es? –le preguntó.

–No lo hiciste, ¿verdad?

–¿El qué?

–No te acostaste con aquel tipo del bar.

Natalie se puso tensa y su mirada se volvió defensiva.

–No estaba preparada para comprometerme. Me estabas presionando demasiado. No quería perder mi libertad. No quería perder mi identidad y convertirme en la mujer de un hombre rico, lo mismo que mi madre.

–No te pareces en nada a tu madre, *cara* –le aseguró Angelo–. Eres demasiado fuerte y luchadora para eso.

Ella salió de la cama y se puso una bata de seda.

–No siempre me siento fuerte –le contestó–. A veces me siento...

Se mordió el labio inferior.

–¿Cómo?

Natalie se giró hacia el tocador, tomó un cepillo del pelo y empezó a peinarse.

–Hambrienta –respondió, dejando el peine–. ¿Podemos comer algo?

Y Angelo supo que no debía presionarla. Tenía que tener paciencia con ella. Natalie se sentía vulnerable y estaba volviendo a ponerse a la defensiva.

Solo deseó haber sabido aquello cinco años antes.

Una hora después estaban sentados el uno frente al otro en un restaurante de Sorrento. A Natalie no le apetecía estar con gente, pero prefería eso a estar a solas con Angelo.

La pasión que habían compartido había despertado en ella algo que llevaba dormido mucho tiempo y que la incomodaba. No le importaba tener sexo con él, todo lo contrario, pero sabía que Angelo iba a querer más.

Siempre había querido más de lo que ella estaba preparada para darle.

¿Cuánto tardaría en pedirle que se quedase con él de manera indefinida? ¿Cuándo empezaría a hablarle de tener bebés?

Su madre ya le había hecho algún comentario cuando la había acompañado a comprar el vestido de novia. A Natalie se le encogió el estómago solo de pensar en tener que responsabilizarse de un bebé.

Podía imaginarse cómo reaccionarían sus padres si les decía que estaba embarazada: su madre buscaría la botella más cercana y se la bebería entera; y su padre no diría nada, solo arquearía las cejas y la haría sentirse culpable.

Angelo le tocó la mano por encima de la mesa.

–Hola, ¿estás ahí? –le preguntó con una sonrisa.

Ella sonrió también.

–Lo siento. No soy muy buena compañía, ¿verdad?

–No espero que seas constantemente la alegría de la huerta, *cara* –contestó él–. Me conformo con que estés aquí.

Entrelazó sus dedos con los de ella y Natalie pensó que había echado mucho de menos ese contacto a lo largo de los años. Su cuerpo se había sentido vacío, sin vida, sin la energía sensual que Angelo le procuraba.

–¿En qué estás pensando? –quiso saber este.

Ella lo miró a los ojos marrones y sintió deseo.

–¿Vas a tomar postre? –le preguntó.

–Depende de qué haya –respondió Angelo.

–A mí no me apetece nada dulce –dijo Natalie.

–¿Y qué te apetece? –le dijo él en tono sensual.

–Algo rápido.

–Puedo ser muy rápido cuando el momento lo exige.

Natalie se estremeció al verlo ponerse detrás de ella para separarle la silla. Se levantó y se apoyó en él solo un instante, pero fue suficiente para darse cuenta de que estaba excitado.

Salió del restaurante a su lado, sonriendo solo de pensar en lo que les esperaba.

Angelo acababa de abrir la puerta de casa cuando Natalie saltó encima de él y lo empujó contra la pared como si fuese a comérselo vivo.

–Eh, ¿ha sido algo que he dicho? –le preguntó.

Ella lo miró a los ojos.

–Me has prometido que tendría postre –le contestó–. Y ha llegado la hora de servírmelo.

Natalie le puso la mano en la erección y él se estremeció de deseo.

–¿Quién va a cocinar aquí? –inquirió.

Ella lo miró con malicia y le bajó la bragueta del pantalón.

–Quiero un aperitivo –le dijo.

Y se arrodilló delante de él.

Angelo supo que no podría pararla, pero no le importó. Disfrutó de sus caricias hasta que pensó que no iba a poder seguir manteniéndose en pie.

Entonces, Natalie se incorporó sonriendo y le dijo:

–Mejora eso.

–Por supuesto –le contestó Angelo, tomándola en brazos.

La llevó a la habitación principal, la dejó en medio de la cama y se colocó entre sus piernas. Se inclinó sobre ella, aspirando su aroma, y la besó apasionadamente entre los muslos. Natalie se retorció y gimió de placer, pero Angelo no la soltó hasta que no hubo terminado con ella.

–Está bien, has ganado –le dijo Natalie por fin.

–Ha estado muy ajustado –comentó él, tumbándose a su lado y acariciándole el brazo–. Tal vez deberíamos intentar desempatar dentro de un rato.

Natalie giró el rostro para mirarlo.

–Dame diez minutos.

–Cinco.

–Eres insaciable.

–Solo contigo.

Ella frunció ligeramente el ceño al oír aquello y miró hacia el techo.

–¿Ha habido muchas? –le preguntó poco después.

–Nunca me he enamorado de nadie, si es eso lo que quieres saber.

–No era eso lo que quería saber.

Angelo le acarició el hombro con la punta del dedo.

–¿Por qué te cuesta tanto admitir que te importo?

Ella le apartó la mano y salió de la cama.

–Lo sabía –le dijo, agitada de repente.

–¿Qué pasa?

Natalie lo fulminó con la mirada.

–No te quiero –le aseguró–. ¿Es que no lo entiendes? No te quiero. Me gustas. Me gustas mucho. Eres una buena persona, pero no estoy enamorada de ti.

–No quieres querer a nadie, ¿verdad? –espetó él con frustración–. Te importo, Tatty. Te importo tanto que estás aterrada.

Ella apretó los puños.

–No puedo darte lo que quieres –le dijo.

–Te quiero a ti.

–Quieres más. Quieres una familia. Quieres hijos. Y yo no puedo dártelos.

–¿Eres estéril?

Ella puso los ojos en blanco.

–Sabía que no lo entenderías.

Él se levantó también de la cama y la agarró de los brazos.

–Pues explícamelo –le pidió.

Natalie apretó los labios, como si no quisiera hablar.

Angelo la sacudió con suavidad.

–Háblame, Tatty.

Ella tuvo que parpadear varias veces para contener las lágrimas.

–¿Qué clase de madre sería? –dijo por fin.

–Una madre maravillosa.

–Sería una madre horrible, incapaz de relajarme nunca. Hay tantos peligros para un niño ahí afuera. Es demasiado para mí.

–La mayoría de los padres consiguen criar a sus hijos sin que les pase nada horrible –le dijo él–. La paternidad puede ser una experiencia muy positiva.

–Me da igual –replicó Natalie–. No quiero tener hijos y no puedes obligarme. Nadie puede obligarme.

–En ese caso, supongo que tomarás la píldora, porque yo no siempre he utilizado protección –le recordó Angelo.

–¿Lo has hecho a propósito? –inquirió ella.

–No, por supuesto que no. Tomabas la píldora cuando estuvimos juntos, así que he dado por hecho... Aunque tal vez no debía haberlo hecho... En cualquier caso, yo estoy limpio, si es eso lo que te preocupa.

–Y yo también. De todos modos, no he salido mucho últimamente.

–¿Pero has salido?

–Un par de veces –respondió ella.

–¿Y?

–No voy a hablar de mi vida sexual contigo.

–¿Te has acostado con alguien?

Natalie apartó la mirada.

–La verdad es que no fue nada del otro mundo. Ni me acuerdo del nombre del tipo.

–¿Y qué estabas intentando demostrar?

–¿Qué quieres decir? –le preguntó Natalie confundida.

–Me he fijado en que utilizas el sexo cuando quieres evitar otras intimidades.

–Eso es ridículo. ¿Acaso no es el sexo algo íntimo? –inquirió Natalie.

–Físicamente, tal vez, pero no emocionalmente –le dijo él–. La intimidad emocional es otra cosa.

–Eso es demasiado profundo para mí –le respondió Natalie–. Me gusta el sexo. Me gusta la emoción del sexo, pero no necesito nada más.

–No quieres nada más porque estás huyendo de ti misma.

–Y tú eres un experto en intimidad emocional porque has tenido cinco amantes solo el año pasado.

–Así que las has estado contando.

Natalie se fue a la otra punta de la habitación.

–La heredera de Texas era demasiado joven para ti –le dijo–. Parecía una colegiala.

–No me acosté con ella.

Natalie rio al oír aquello.

–Supongo que no –le dijo–. Se le habría hecho demasiado tarde para irse a la cama.

–No te voy a esperar eternamente, Natalie –le advirtió Angelo–. Mi imperio necesita un heredero. Si tú no puedes dármelo, tendré que encontrar a otra.

Ella lo miró sorprendida.

–¿Por eso me has obligado a casarme contigo? –inquirió–. No ha sido solo por venganza, sino también para conseguir lo que quieres. Y mi hermano te ha ayudado mucho.

–Tu hermano no tiene nada que ver con esto. Se trata de nosotros y solo de nosotros.

Natalie lo miró con dureza, con cinismo.

–Dime la verdad, Angelo. ¿Habrías sido capaz de mandar a mi hermano a la cárcel?

–Tú sigues siendo la única persona capaz de evitar que tu hermano acabe entre rejas –le recordó él en tono decidido–. Que no se te olvide que su futuro está en tus manos.

Ella levantó la barbilla y lo fulminó con la mirada.

–Yo diría que es un farol.

–No me pongas a prueba –le advirtió Angelo.

Capítulo 8

INCAPAZ de conciliar el sueño, Natalie salió al jardín. Llevaba varias horas dando vueltas en la cama, pero no podía cerrar los ojos sin ver en su mente imágenes de su pasado.

Al día siguiente era el aniversario de la muerte de su hermano.

Por eso se había puesto así con Angelo y lo había retado a pesar de saber que no podía poner en peligro el futuro de Lachlan.

Suspiró y clavó la vista en la superficie brillante de la piscina que, de repente, había aparecido delante de ella como por arte de magia. Solía evitar las piscinas.

Le traían demasiados recuerdos.

Hasta el olor a cloro hacía que se le encogiese el estómago y sintiese pánico. Antes de la muerte de Liam, le había encantado el agua.

Miró la piscina que tenía delante y se preguntó si no la habría buscado inconscientemente para intentar encontrar en ella algo de paz. ¿Encontraría alguna vez la paz? ¿El perdón? ¿La redención?

–¿No podías haberme evitado el susto? –preguntó, agarrándose el pecho, asustada con la repentina entrada de Angelo en su campo de visión.

–¿No puedes dormir? –dijo él.

Natalie se frotó los brazos a pesar de que no hacía frío.

–No es tan tarde.

–Son las tres de la madrugada.

–¿De verdad? –dijo ella con el ceño fruncido.

–Llevo una hora observándote.

–¿Espiándome, quieres decir?

–Estaba preocupado por ti.

Ella arqueó una ceja.

–¿Acaso me crees capaz de hacer una locura?

–No, pero me preocupaba que quisieras darte un baño sola.

–¿Acaso tengo que pedirte permiso?

–No, por supuesto que no –le aseguró él–, pero es peligroso bañarse solo por la noche.

A Natalie se le escapó una carcajada histérica.

–Sí, claro.

–Me has dicho que no se te da bien nadar.

–¿Y qué ibas a hacer si me hubiese pasado algo? –le preguntó Natalie–. ¿Hacerme el boca a boca?

De repente, la atmósfera cambió.

Angelo la miró a los ojos con deseo.

–Buena idea –le dijo, agarrándola de los brazos y apretándola contra su cuerpo para besarla.

Sabía a coñac y a frustración masculina. Estaba enfadado con ella, pero Natalie prefería verlo enfadado a verlo tierno. La desarmaba con su preocupación y con su comprensión.

Quería que estuviese furioso con ella.

Quería que fuese salvaje con ella.

Angelo le mordió el labio, pero le dio igual, tenía ganas de sufrir. Se besaron frenéticamente hasta que, de repente, él la hizo girar, la puso de espaldas a la piscina y, sin avisarla, entrelazó sus piernas y la hizo caer a la piscina. Natalie gritó justo antes de desaparecer debajo del agua, con él.

Salió a la superficie tosiendo y escupiendo agua, presa del pánico. Con el corazón a punto de salírsele del pecho y los ojos y la garganta ardiendo por culpa del cloro.

–¡Cerdo! –le gritó, como si estuviese loca.

Él se apartó el pelo mojado de la cara y se echó a reír.

–Me lo has pedido.

Natalie se giró hacia él con los puños cerrados y le dijo todas las palabras malsonantes que se le pasaron por la cabeza.

Y Angelo se limitó a sujetarla.

Hasta que Natalie se dio cuenta de que no podía más y se quedó sin fuerzas, como una muñeca de trapo.

–¿Te rindes? –le preguntó él, sonriendo victorioso.

–Me rindo...

Él frunció el ceño y dejó de sonreír.

–¿Qué te pasa?

–Nada. ¿Puedo salir? Tengo frío.

–Claro –le respondió Angelo, soltándola.

Natalie no se molestó en ir hasta las escaleras, salió impulsándose con el bordillo, se apartó de él y se escurrió el pelo. No hacía frío, pero estaba tiritando.

Angelo salió de la piscina con mucha más gracia que ella, se acercó y le puso un dedo en la barbilla para obligarla a mirarlo.

–No te has hecho daño, ¿verdad? –le preguntó.

–Habría sido culpa tuya –respondió ella con resentimiento.

–No te habría empujado si hubiese pensado que ibas a hacerte daño –le dijo él.

–¿Y si me hubiese dado un golpe y me hubiese matado? –inquirió ella, furiosa.

–Nunca te haría daño, *cara*.

–Tal vez físicamente, no –replicó Natalie.

–¿Te sientes emocionalmente amenazada? –le preguntó Angelo esbozando una sonrisa.

–En absoluto.

Él sonrió más.

–Es por el sexo, *cara* –le dijo–. ¿Sabes que la oxitocina que se libera con el orgasmo es conocida como la hormona del amor? Hace que la gente se enamore.

Natalie lo miró con desprecio.

–Si eso es cierto, ¿por qué no te has enamorado de nadie en estos cinco años?

–Porque hay sexo y sexo –respondió él sin apartar la mirada de sus ojos.

–De mí tampoco estás enamorado –le dijo ella, para probarlo–. Solo quieres vengarte.

Él le acarició el brazo con la punta de un dedo, luego la agarró de la mano y la acercó más.

–Me gusta cómo me haces sentir –respondió.

Natalie casi no podía pensar, con su erección pegada al vientre. Su cuerpo ardía de deseo. Levantó la vista y vio los labios de Angelo acercándose, cerró los ojos y se dejó llevar.

Se besaron apasionadamente y Natalie se apretó todavía más a él. Quería que aquella sensación la hiciese olvidar todo el dolor del pasado.

Pero Angelo se apartó de repente.

–No –dijo–. No me va a pasar otra vez.

Natalie lo miró confundida.

–¿No quieres...?

–Por supuesto que quiero –le dijo él–, pero no hasta que no me cuentes qué hacías aquí.

Ella apartó la mirada.

–Nada.

Él puso un dedo en su barbilla para obligarla a mirarlo.

–Quiero saber qué hacías aquí.

A Natalie le ardió el estómago.

–Ya te dije que me costaba dormir.

–¿Qué tienes en la cabeza, que no te deja estar tranquila? –insistió él.

–Nada.

–Quiero la verdad, Natalie. Me lo debes, ¿no crees?

–No te debo nada –replicó ella.

–Si no me lo cuentas tú, tendré que preguntarle a otra persona. Y tengo la sensación de que no voy a tener que investigar mucho.

Natalie sintió pánico. Se pasó la lengua por los labios, intentó hacer acopio de valor, de fuerza.

–Cometí un terrible error... hace años... –empezó, sin saber si sería capaz de continuar.

–Cuéntamelo, Natalie.

¿Podía contárselo? ¿Podría después soportar su desprecio? Angelo dejaría de mirarla con aquella ternura con la que solo la miraba él.

–¿Tatty?

Aquella fue su perdición, su manera de llamarla. ¿Cómo era posible que se viniese abajo con tan solo una palabra? Era como si Angelo tuviese la llave de su corazón.

Siempre la había tenido.

No se había dado cuenta la primera vez, pero en esos momentos era como jugar a aquel juego de niños, del frío y el caliente. Y Angelo estaba casi quemándose.

Natalie se obligó a mirarlo a los ojos. «Ya está», pensó. «Es la última vez que te va a mirar así. Recuérdalo siempre».

–Maté a mi hermano.

Angelo frunció el ceño, confundido.

–Tu hermano está bien, Natalie. Está en una clínica de rehabilitación.

–No me refiero a ese hermano, sino a Liam. Se

ahogó mientras estábamos de vacaciones en España... Tenía tres años.

Angelo frunció el ceño todavía más.

–No pudo ser culpa tuya.

–Se supone que yo lo estaba cuidando –le contó ella–. Mi madre había entrado a tumbarse. Mi padre estaba con nosotros en la piscina, pero se fue a hablar por teléfono. Solo se marchó cinco minutos. Yo tenía que cuidar de Liam. Lo había hecho otras veces. Siempre lo cuidaba, pero ese día... No sé qué ocurrió. Creo que algo me distrajo un momento. Un pájaro, una flor, una mariposa... no lo sé. Cuando mi padre volvió...

Tragó saliva antes de terminar:

–Era demasiado tarde.

–¡Dios mío! ¿Por qué no me lo contaste hace cinco años? –le preguntó Angelo–. ¿Por qué no me dijiste algo?

–Porque es algo de lo que nunca se habla en mi familia. Mi padre lo prohibió. Pensó que disgustaba demasiado a mi madre. Fue hace mucho tiempo y parece que hasta la prensa lo ha olvidado. Lachlan vino al mundo para ocupar su lugar. En cuanto nació, quitaron todo lo que quedaba en casa de Liam. Como si nunca hubiese existido.

Angelo la agarró con firmeza de los brazos.

–Pero su muerte no fue culpa tuya –le aseguró–. Tú solo eras una niña. Tus padres no tenían que haberte echado la culpa a ti.

Natalie lo miró a los ojos y vio comprensión en

ellos. Y no pudo evitar ponerse a llorar. Las lágrimas empezaron a brotar de sus ojos de manera incontrolable. Se apoyó en su pecho y lloró desconsoladamente mientras Angelo la abrazaba con fuerza.

–Me puse a buscarlo en cuanto me di cuenta de que no estaba a mi lado –sollozó–. Miré por todas partes, pero no lo vi. Estaba en el fondo de la piscina. No lo vi. No lo vi...

–Mi pequeña Tatty –le dijo él, intentando calmarla–. No fue culpa tuya, *cara*. No fue culpa tuya.

Natalie lloró hasta que se quedó sin lágrimas. Y le contó a Angelo muchas otras cosas. Le contó cómo había visto el pequeño ataúd blanco de su hermano desde la ventanilla del avión. Le contó cuánto había deseado haberse ahogado ella. Le contó cómo su padre se había pasado todo el viaje sin dirigirle la palabra, cómo su madre se había pasado todo el vuelo bebiendo.

Y no supo cuánto tiempo había pasado cuando se separó de sus brazos y le dijo:

–Debo de estar hecha un desastre.

Y Angelo siguió mirándola con ternura.

–Estás preciosa.

Natalie volvió a ponerse a llorar.

–¿Ves? –le dijo–. Este es el motivo por el que no lloro nunca. Porque luego no puedo parar.

Él le apartó un mechón de pelo mojado de la cara.

–Puedes llorar todo lo que quieras o necesites, *mia piccola* –le dijo–. No es malo demostrar emoción. Es una válvula de seguridad, ¿sabes? Y no es bueno suprimirla durante demasiado tiempo.

–A ti siempre se te dio mejor sacarlo todo –le respondió–. A mí me asustaba un poco... ver lo apasionado que eras.

–Creo recordar que tú también eras muy apasionada.

–Sí... bueno, al parecer, tú consigues que lo sea.

Angelo tomó sus manos.

–Creo que deberías estar en la cama desde hace un buen rato.

Ella se estremeció al ver deseo en su mirada.

–¿Quieres...?

Angelo la tomó en brazos.

–Quiero –respondió, llevándola dentro.

Angelo siguió despierto después de que Natalie por fin se hubiese quedado dormida. Había tardado un rato. Después de hacer el amor, le había contado que al día siguiente era el aniversario de la muerte de su hermano. Eso explicaba su reciente nerviosismo. Angelo pensó en la pesadilla que había tenido la otra noche y lo entendió.

Lo que todavía no comprendía era cómo habían podido los padres de Natalie culparla de la trágica muerte de su hijo pequeño. ¿Cómo habían esperado que una niña de siete años se responsabilizase de su hermano? Era una crueldad hacer que se sintiese responsable de aquello.

¿Por qué no había sufrido con aquella culpa Adrian Armitage, en vez de dejar que su hija cargase con ella?

Entendía cómo debía de haberse sentido Natalie durante todo aquel tiempo, pero no sabía por qué no se lo había contado antes. Por qué no le había dejado llegar hasta su corazón hasta entonces.

Pero no se lo había contado porque confiase en él, sino porque él la había obligado a hacerlo.

Tomó su mano izquierda y pasó el dedo por el anillo que le había obligado a ponerse.

Había querido vengarse, pero la venganza no estaba siendo tan dulce como había imaginado. ¿Cómo habría actuado si lo hubiese sabido todo?

El estómago se le encogió por la culpabilidad. Había obligado a Natalie a casarse con él sin pensar en el motivo por el que ella lo había dejado. No había intentado comprenderla. Había dejado que el deseo que sentía por ella lo enturbiase todo.

Además, había escuchado las mentiras de su padre. Y las había creído. ¿Cómo podía compensarla? ¿Cómo podía hacerle ver que podían salir de aquello si confiaba en él?

¿Sería demasiado tarde para darle la vuelta a las cosas?

A la mañana siguiente, Angelo entró con una bandeja con café y bollos y la dejó al lado de Natalie. Esta abrió los ojos y se sentó.

–No hacía falta que me trajeras el desayuno –le dijo.

–No pasa nada, ya estaba levantado.

Natalie bebió el café que Angelo le había servido.

–Gracias –dijo después.

–De nada.

–Me refería a lo de anoche –continuó ella, mordiéndose el labio.

Él se sentó en el borde de la cama, a su lado, y le tomó una mano.

–¿Crees que me lo habrías contado con el paso del tiempo?

–Tal vez –respondió ella. Luego hizo una mueca–. Probablemente, no.

–He estado pensando en tus padres –admitió Angelo–. Me gustaría verlos para hablar del tema.

Natalie sacó la mano de la suya.

–No.

–Natalie, eso no puede seguir...

–No –insistió ella–. No quiero que intentes arreglar las cosas. Esto no puedes arreglarlo.

–Mira, entiendo que es algo muy doloroso para todos vosotros, pero no es justo que hayas cargado tú con la culpa durante tanto tiempo. Tus padres tienen que asumir su parte.

Ella dejó la taza de café, se puso una bata y se giró a fulminar a Angelo con la mirada.

–Si hablas con mis padres, jamás te lo perdonaré –le advirtió–. Mi madre ya tiene bastante con lo que tiene. Y, si la prensa se entera, será el final de Lachlan.

–Me preocupas tú... no tu madre ni tu hermano.

–Si te preocupo yo, hazme caso.

Angelo frunció el ceño.

–¿Por qué quieres asumir el peso de una culpa que no fue tuya?

–Claro que fue culpa mía –replicó Natalie–. Tenía que haber estado vigilándolo.

–Eras una niña, Natalie. Una niña de siete años. Aunque lo hubieses visto caerse, no habrías podido sacarlo.

–Habría saltado al agua y lo habría ayudado.

–Y lo más probable es que te hubieses ahogado también –le aseguró Angelo–. Eras demasiado pequeña para hacer nada.

–Le habría tirado algo para que se agarrase hasta que llegase alguien a ayudarnos –insistió ella, con los ojos brillantes por culpa de las lágrimas.

–*Cara*.

Angelo avanzó para intentar tranquilizarla.

–No –le dijo ella, levantando las manos para detenerlo–. No te acerques a mí.

Él no le hizo caso y la abrazó.

–No luches contra mí, *mia piccola* –le dijo–. Yo no soy tu enemigo.

–No lucho contra ti –respondió ella, mirándolo a los labios–. Sino conmigo misma.

Angelo le acarició los labios con el dedo pulgar.

–Eso me parecía.

–Al parecer, no puedo evitarlo.

–Yo tampoco –admitió él antes de besarla.

Capítulo 9

UN PAR de días después Natalie estaba paseando por las obras del nuevo hotel de Angelo, tomando notas y haciendo fotografías. El sitio era espectacular y todavía no podía creer que le hubiese dado el trabajo de decorarlo.

–¿Has terminado? –le preguntó Angelo, acercándose a ella después de haber hablado con el jefe de obra.

–¿Estás de broma? Casi no he empezado. Tengo tantas ideas que casi me sale humo de la cabeza.

Él apoyó una mano en su cuello y Natalie sintió un escalofrío.

–No quiero que trabajes demasiado –le dijo Angelo–. Se supone que estamos de luna de miel, ¿recuerdas?

¿Cómo se le iba a olvidar, después de cómo habían hecho el amor esa mañana?

Durante los últimos días, Angelo había sido increíblemente tierno con ella. Por eso cada vez le costaba más mantener sus emociones a raya. Le gustaba estar con él y disfrutaba mucho con su compañía.

Pero de ahí a estar enamorada... Además, él ya le había dicho que solo quería un heredero.

–Estás obsesionado –le reprochó en tono burlón.

Él sonrió y le dio un beso en el hombro desnudo.

–¿Me vas a negar que estabas pensando en lo mismo que yo? –le preguntó.

–Para –le pidió ella en voz baja–. Te van a oír los obreros.

–¿Y qué? –preguntó Angelo, mordisqueándole la oreja–. Soy un hombre enamorado de su esposa. ¿No puedo decírselo a todo el mundo?

Natalie se puso tensa y se apartó.

–Creo que ya he terminado por hoy –le dijo–. Ya volveré en otro momento.

–¿Qué te pasa?

–Nada.

–Te estás bloqueando. Lo veo en tu cara. Y no lo voy a permitir, Tatty. No quiero que nuestra relación sea así.

–¿Y cómo quieres que sea nuestra relación, Angelo? –inquirió ella–. Quieres algo que yo no te puedo dar.

–Solo porque estás empeñada en seguir castigándote –le dijo él–. En realidad, quieres lo mismo que yo. Estoy seguro. Te conozco. Vi cómo mirabas ayer a esa madre con el niño en la cafetería.

Natalie dejó escapar una de sus risas falsas.

–Me daba pena –dijo–. ¿Te diste cuenta de cómo lloraba el bebé? Estaba molestando a todo el mundo.

–Lo vi en tus ojos –insistió Angelo–. Vi anhelo en ellos.

Ella se dio la media vuelta para marcharse.

–No tengo por qué escuchar esto.

–Ya está –dijo él–. Estoy harto de que siempre hagas lo mismo.

–Entonces, ¿por qué no me dejas para no tener que soportarme? –le preguntó Natalie.

Angelo la miró a los ojos.

–Esto te gustaría a ti, ¿verdad? Pero vas a estar conmigo hasta que yo te diga que te puedes marchar.

–Me voy a casa –dijo ella–. Si te parece bien, por supuesto.

–Haz lo que te dé la gana –le respondió él, echando a andar.

Un par de horas después, cuando Natalie bajó al primer piso de la casa, Angelo estaba hablando por teléfono y le hizo un gesto para que esperase a que terminase. Estaba hablando en italiano y Natalie pensó en lo mucho que le gustaba su voz.

–Lo siento –se disculpó poco después, guardándose el teléfono–. Tengo un proyecto en Malasia que está dando algunos problemas y voy a tener que ir yo a resolverlos.

–Espero que no pretendas que te acompañe –le dijo ella–. Tengo que ocuparme de mi negocio. No puedo estar de vacaciones eternamente.

–Ya lo he organizado para que vuelvas a Edimburgo esta noche –le contó él–. Yo volaré a Kuala Lumpur mañana por la mañana.

–Ya veo...

Natalie se sintió de repente abandonada, apartada y asustada.

–Volaré hasta Londres contigo –le dijo Angelo–, pero me temo que no me va a dar tiempo a acompañarte hasta Edimburgo.

–No necesito que me lleves de la mano a todas partes –replicó Natalie, levantando la barbilla.

–Ve haciendo las maletas –contestó él–. Nos marcharemos en una hora.

Para sorpresa de Natalie, el viaje hasta Londres no fue tan mal como había esperado. Su enfado con Angelo la distrajo del miedo. Este casi no articuló palabra durante todo el vuelo, se lo pasó prácticamente entero trabajando.

Una vez en tierra, le presentó a la persona que iba a acompañarla y después de darle un rápido beso en los labios, se marchó.

–Por aquí, *signora* Bellandini –le dijo Riccardo, dirigiéndose hacia la puerta de embarque del vuelo que iba a Edimburgo.

–Señora Armitage –lo corrigió ella.

–Pero está casada con el *signor* Bellandini, ¿no? –preguntó Riccardo confundido.

–Sí, pero eso no significa que haya dejado de existir –replicó Natalie.

Un par de días después estaba en su taller antes de abrir las puertas al público, cuando ojeando una revista vio a Angelo acompañado de una joven morena. *¿Tan pronto ha terminado la luna de miel del magnate italiano?*, decía el titular.

A Natalie se le encogió el estómago y sintió frío y náuseas. Corrió al cuarto de baño y vomitó en el lavabo. Y después se aferró a él, sudorosa.

–¿Estás bien? –le preguntó Linda, preocupada, desde el otro lado de la puerta.

–Sí –respondió ella con voz ronca–. Solo un poco revuelta.

Cuando salió, Linda tenía la revista en las manos.

–Ya sabes que la prensa se inventa la mitad de las cosas –le aseguró.

–Por supuesto –respondió ella, deseando que en aquel caso fuese verdad.

¿Cómo había podido pensar que le importaba a Angelo? Había jugado con ella desde el primer día. Se preguntó si sería así como se sentía su madre cada vez que se enteraba de que su marido tenía una amante nueva. ¿Cómo podía soportarlo?

¿Cómo podía Angelo hacerle algo así? ¿Tanto deseaba vengarse de ella? ¿Cómo podía ser tan frío y calculador?

Muy sencillo.

Nunca la había perdonado por haberlo dejado y había esperado pacientemente a que llegase su momento.

A Natalie le dolió haberse dejado engañar con tanta facilidad, haber permitido que le rompiese el corazón.

–¿Seguro que estás bien? –insistió Linda.

–Perdona... –respondió ella, corriendo de nuevo hacia el cuarto de baño.

Al volver a casa del trabajo, Natalie seguía sin encontrarse bien. Le dolía la cabeza y tenía el estómago revuelto.

No había tenido noticias de Angelo, que debía de estar demasiado ocupado con aquella morena. Solo de pensarlo, a Natalie se le llenaron los ojos de lágrimas.

En ese momento sonó su teléfono, lo sacó del bolso y miró la pantalla para ver quién era antes de descolgar.

–Qué detalle que me llames, mi queridísimo marido –le dijo en tono dulzón–. ¿Estás seguro de que tienes tiempo?

–Has visto la fotografía.

–Todo el mundo la ha visto –replicó ella–. ¿Quién es? ¿Tu amante?

–No digas tonterías, Tatty.

–¡No me llames así! –le gritó ella–. Eres un cerdo. ¿Cómo has podido hacerme algo así?

–*Cara* –le respondió él en tono amable–. Tranquilízate y deja que te lo explique.

–Adelante, apuesto a que ya te has inventado una excusa creíble.

–Estás celosa.

–No estoy celosa, pero no me gusta que me humillen públicamente.

–Se llama Paola Galanti y es la coordinadora de mi equipo en Malasia –le contó–. Le está costando mucho trabajar en un ambiente de trabajo tan masculino.

–¿Y tú has tenido que acudir al rescate? –inquirió Natalie.

–Para ya, por favor. Paola está comprometida con un amigo mío. Nunca hemos estado juntos.

–¿Por qué no me contaste que tu coordinadora era una mujer?

–Porque no me pareció importante.

–Aun así, tenías que habérmelo contado, en vez de dejar que me enterase por la prensa.

–Habló quien no me había contado nada de su pasado hasta hace unos días –le respondió Angelo.

Natalie se mordió el labio y se preguntó si no estaría exagerando con su reacción. ¿Podía confiar en Angelo? ¿Podía confiar en alguien?

¿Podía confiar en sí misma?

–Está bien –le dijo–. Ya estamos igualados.

Él suspiró.

–La vida no es una competición, Natalie.

–¿Cuándo vas a volver? –le preguntó ella, después de un tenso silencio.

–No lo sé –admitió él, suspirando de nuevo–. Todo se está complicando mucho.

–Pareces cansado –comentó Natalie, más tranquila.

–Y tú pareces una esposa encantadora.

Natalie se puso tensa al oír aquello.

–Pues te aseguro que no lo soy.

–¿Me echas de menos, *cara*?

–No.

–Mentirosa.

–Bueno, te echo de menos en la cama –le dijo, sabiendo que eso lo molestaría.

–Yo también a ti. Estoy deseando volver a casa para demostrarte cuánto.

A Natalie se le encogió el estómago.

–Tendremos que esperar a que vuelvas –dijo, sin poder evitar que le temblase un poco la voz.

–Hoy te he comprado algo –le contó Angelo–. Debería llegarte mañana.

–No tienes que comprarme regalos. Puedo comprarme joyas yo sola.

–No es una joya –le respondió Angelo.

–Entonces, ¿qué es?

–Tendrás que esperar a verlo.

–¿Flores? ¿Bombones? –le preguntó ella.

–No. ¿A qué hora vas a estar en casa?

–Mañana voy a trabajar desde casa todo el día –le dijo ella.

–Estupendo, me aseguraré de que llegue pronto.

–¿No me vas a dar ni una pista? –insistió Natalie.

–Tengo que dejarte –le contestó él–. Te llamaré mañana por la noche. *Ciao*.

Y antes de que a Natalie le diese tiempo a responder ya había colgado.

El timbre de la puerta sonó a las nueve y cuarto. Natalie abrió la puerta y se encontró con un hombre que llevaba una pequeña jaula en una mano y una carpeta en la otra.

–¿La señora Armitage? –le preguntó este sonriendo de oreja a oreja–. Tengo una entrega especial para usted. ¿Puede firmar aquí, por favor?

Ella le firmó el papel que le ofrecía después de dudar un instante.

–¿Qué es? –preguntó, mirando la jaula con emoción y cautela.

–Un perrito –contestó el hombre, dándole la jaula–. Que lo disfrute.

Natalie cerró la puerta y miró la jaula.

–Te voy a matar, Angelo Bellandini –dijo, dejándola en el suelo.

Abrió la puerta y una bola de pelo negro corrió hacia ella moviendo el rabo a toda velocidad.

–Oh, ¡qué cosita! –exclamó, tomándolo en brazos–. ¿Qué voy a hacer contigo?

El perrito inclinó la cabeza y la miró con amor y adoración.

Y Natalie sintió que el instinto maternal despertaba de repente en su interior. Abrazó al pequeño animal y lo acarició. Se había enamorado de él.

Angelo comprobó la diferencia horaria antes de llamar. Había tenido un día horrible y le estaba costando mucho trabajo concentrarse. Solo podía pensar en Natalie, en cómo hacerla feliz.

Quería que disfrutase de la vida, cosa que no había hecho hasta entonces. Y quería que dejase de sentirse culpable por un trágico accidente que no había sido culpa suya.

Marcó su número, pero le saltó el buzón de voz. Decepcionado, se puso a trabajar y poco después sonó su teléfono. Sonrió al ver que se trataba de Natalie.

–¿Qué tal el bebé? –le preguntó.

–Se ha hecho pis en la alfombra del salón –le contó ella–. Y en mi habitación, y en la entrada. Y estaba a punto de hacerlo en el despacho, pero la he pillado a tiempo.

–Vaya, supongo que irá aprendiendo poco a poco.

–Ha mordido unos zapatos de diseño y mis gafas de sol –continuó Natalie–. Ah, ¿y te he contado ya lo de los agujeros del jardín? Ha estado recolocando mis petunias.

–Parece que has tenido un día muy ocupado.

–Es traviesa y desobediente –le dijo Natalie–. Ahora mismo está mordiendo los cables del ordenador. Deja eso, Molly. No seas mala. Mamá está enfadada contigo. No, no me mires así.

Luego se echó reír. Angelo nunca la había oído reír así.

–Estoy muy enfadada –añadió.

–¿La has llamado Molly? –le preguntó Angelo sonriendo.

–Sí, no le pegaba Fido ni Rover.

–Por supuesto que no, tiene un gran pedigrí –le contó él–. Sus padres son los dos unos campeones.

Hubo un breve silencio.

–¿Por qué un perrito?

–Porque yo viajo mucho y he pensado que te vendría bien tener compañía.

–Tengo que trabajar –le dijo ella–. No tengo tiempo para educarla. Y nunca he tenido un perro. No sé qué hacer con ella. ¿Y si le pasa algo?

–No le va a pasar nada, Tatty –le aseguró Angelo.

–Pero no puedo dejarla aquí sola todo el día.

–Pues llévatela al trabajo –le sugirió él–. Es tu taller. Eres la jefa. Puedes hacer lo que quieras.

Se hizo otro silencio.

–¿Cuándo vas a volver? –le preguntó Natalie.

–No lo sé. Las cosas no están saliendo como me gustaría.

–¿Qué tal tu coordinadora?

–Estupendamente, en la cama con su novio. Le he dejado venir porque se echaban de menos.

–Qué detalle por tu parte.

Luego se hizo otro silencio, en esa ocasión, más largo.

–¿Angelo?

–¿Sí, *cara*?

–Gracias por no haberme comprado una joya.

–Eres la única mujer que conozco que diría eso –comentó él–. Antes o después te tendré que comprar algún diamante.

–Ser generoso con el dinero no es señal de que la relación vaya bien –comentó ella–. Mi madre tiene millones de diamantes y es muy infeliz.

–¿Y por qué no deja a tu padre?

–Porque es rico y tiene éxito.

Angelo entendió que Natalie no quisiera terminar como su madre y que luchase tanto por su independencia.

–A nosotros no tiene por qué pasarnos lo mismo, Tatty –le dijo–. Las relaciones no se heredan, se construyen.

–Esta la has construido tú, no yo –le recordó ella.

–Aunque Lachlan no me hubiese dado esta oportunidad, habría encontrado otra para recuperarte –le dijo Angelo–. Llevaba meses pensándolo.

–¿Por qué?

–Ya sabes por qué.

Hubo otro silencio.

–Tengo que dejarte –le dijo Natalie–. Molly ha salido corriendo con un bolígrafo y no quiero que lo manche todo de tinta.

Angelo colgó y suspiró. ¿Cómo iba a demostrarle a Natalie que quería que su relación funcionase?

¿Tendría que dejarla marchar para que volviese sola, con sus propias condiciones?

Capítulo 10

UN PAR de días después Natalie oyó el rugido del motor de un coche deportivo delante de su casa. No necesitó mirar por la ventana para saber que era Angelo.

Molly ya estaba dando saltos delante de la puerta cuando ella llegó, la tomó en brazos y abrió.

–Sí, lo sé –le dijo–. Es papá.

Angelo tomó a la perrita en brazos, que no tardó en darle la bienvenida.

–Creo que se me ha hecho pis encima –comentó, haciendo una mueca.

Natalie se echó a reír.

–¿Qué esperabas? Está muy contenta de verte.

Él la miró a los ojos.

–¿Y tú, *cara*? –le preguntó–. ¿También te alegras de verme?

Ella sintió un escalofrío.

–¿Quieres que te lama la cara para demostrártelo? –le preguntó.

–Creo que preferiría que hicieses otra cosa –le respondió él.

Natalie sintió deseo.

–¿Y Molly? –le preguntó mientras Angelo se acercaba.

–¿Qué pasa con Molly?

–¿No te parece un poco joven para vernos... haciéndolo?

–Tienes razón –dijo Angelo–. ¿Dónde duerme?

Natalie se mordió el labio.

–Esto...

–¿No será verdad? –le preguntó él en tono burlón.

–¿Qué querías que hiciera? Lloraba por las noches hasta que la metí en mi cama. Me daba pena.

–Eres una blanda –dijo Angelo de manera cariñosa.

–Ya te dije que sería muy mala madre.

–Yo sigo estando seguro de que vas a ser una madre estupenda.

Natalie frunció el ceño y tomó a la perrita en brazos.

–Voy a llevarla a la habitación de la plancha.

–¿Tatty?

Natalie se quedó inmóvil en la puerta.

–No me hagas esto, Angelo.

–No puedes seguir evitando el tema –le advirtió él–. Es importante para mí.

Ella se giró y lo fulminó con la mirada.

–Sé lo que estás haciendo. Has pensado que todo se arreglaría regalándome un perrito, ¿verdad? Pero ya te dije que no se podía arreglar, que no me podías arreglar.

–¿Durante cuánto tiempo más vas a seguir castigándote?

–No me castigo –respondió ella–. Soy realista. No me veo capaz de ser madre. ¿Y si salgo como mi padre? Los hijos cambian a las personas. Algunas no lo soportan. Pierden la paciencia. Sufren con la pérdida de libertad y lo pagan con los hijos.

–Tú no eres como tu padre –le aseguró Angelo–. No os parecéis en nada, él es un idiota, un tipo arrogante y egoísta. No te merece.

Natalie notó calor en el pecho, un calor que se extendía cada vez más. Intentó contenerlo, pero no fue capaz.

Quería creerlo.

Lo deseaba desesperadamente. Quería tener un futuro con él. Quería tener un hijo suyo, quería una familia. Pero no podía dejar atrás su pasado.

–Necesito más tiempo –le dijo–. Todavía no estoy preparada para tomar esa decisión.

–Ya hablaremos de ello en otro momento. Vamos a aprovechar ahora que Molly se va a dormir.

Y Natalie tembló de deseo mientras Angelo la adentraba en un mundo de sensaciones del que estaba empezando a depender.

¿Sería capaz de sobrevivir sin él?

A la tarde siguiente, Natalie estaba en el jardín con Molly cuando Angelo salió a buscarla.

–Acaba de llamar tu padre. Han llevado a tu madre al hospital –anunció–. Tiene una pancreatitis aguda y está en la unidad de cuidados intensivos.

–Tengo que ir con ella.

–Mi jet privado ya está preparado en el aeropuerto. No te molestes en hacer la maleta, compraremos lo que sea necesario allí.

–¿Y Molly? –le preguntó Natalie.

–La llevaremos con nosotros.

Al llegar al hospital y ver a su madre, a Natalie se le llenaron los ojos de lágrimas.

–Oh, mamá –le dijo, tomando su mano sin vida.

–Ya he informado a Lachlan –comentó Angelo–. Y le he enviado un avión para que venga.

Natalie le dio un beso a la mano fría de su madre.

–Lo siento, mamá. Lo siento.

Adrian Armitage entró después de haber estado hablando por teléfono en el pasillo.

–Es normal que lo sientas –le dijo a Natalie con desprecio–, porque es culpa tuya. Tu madre no habría empezado a beber si no hubiese sido por ti.

Angelo se interpuso entre Natalie y su padre.

–Creo que será mejor que te marches –le dijo a Adrian.

–Veo que te tiene atrapado, ¿eh? –le respondió este–. Te lo advertí. Es manipuladora y artera.

–Si no te marchas, te echaré yo –le replicó Angelo en tono frío y calmado.

–Mató a mi hijo –continuó Adrian–. ¿Te lo ha contado? Tenía celos de él porque yo quería que mi primer hijo fuese varón y por eso lo mató.

–Natalie no mató a tu hijo –le respondió Angelo–. No fue responsable de la muerte de Liam. Era solo una niña. Jamás debió tener la responsabilidad de cuidarlo. Ese era tu trabajo y no voy a permitir que le eches la culpa de tus carencias como padre.

Natalie vio como su padre se ponía morado.

–¿Cómo te atreves a cuestionar mi capacidad como padre? –inquirió este–. Es una chica rebelde. Es incontrolable.

–Esa chica es mi mujer –continuó Angelo–. Ahora, vete de aquí antes de que haga algo de lo que después me pueda arrepentir.

–¿Señor Armitage? –dijo un médico que acababa de entrar–. Creo que es mejor que se marche. Venga por aquí, por favor.

Angelo miró a Natalie con preocupación.

–¿Estás bien, *cara*?

–Siempre he sabido que me odiaba –le respondió ella suspirando–. Cuando tenía cinco años lo oí hablando con mi madre de que habría querido tener un hijo y no una hija. Por eso siempre sentí que no era lo suficientemente buena, hiciese lo que hiciese. Y cuando Liam murió... ya supe que jamás lo complacería.

–Algunas personas no deberían tener hijos –comentó él–. Tu padre es un cobarde. No quiero que vuelvas a estar a solas con él. ¿Lo entiendes?

Natalie sintió como caía otra de las barreras que había alrededor de su corazón.

–Lo entiendo.

–Y yo siento no haberme dado cuenta de cómo te sentías.

Ella volvió a mirar a su madre.

–No quiero perderla. Sé que no es perfecta, pero no quiero perderla.

Él tomó su mano y se la apretó.

–En ese caso, removeré cielo y tierra para que no la pierdas.

Cuando salieron del hospital Natalie estaba destrozada. Su madre había mostrado algún signo de mejora, pero todavía era demasiado pronto para saber si iba a recuperarse.

–Lachlan llegará mañana por la mañana –le dijo Angelo, agarrándola por la cintura–. Mientras tanto, creo que deberías intentar descansar. Pareces agotada.

–No sé cómo darte las gracias por todo lo que has hecho –respondió ella–. Ha sido... increíble.

–Ya iba siendo hora de que alguien te apoyase.

–Es gracioso, que hayas sido precisamente tú.

–¿Por qué?

–Porque pensé que serías la última persona que se pondría de mi lado –admitió Natalie.

Él le dio un beso en la cabeza.

–Entonces es que no me conoces.

Angelo la llevó a su casa de Mayfair. Una mansión de cuatro pisos con un bonito jardín.

–Esto no tiene nada que ver con el piso que compartimos en Notting Hill –le dijo Natalie al verla.

–Me gustaba aquel piso.

–Y a mí.

–Ven.

Natalie se apoyó en su pecho y le encantó la sensación de calor y seguridad. Era como la llegada de un barco a puerto después de una tempestad.

Deseó poder quedarse allí para siempre.

Durante los siguientes días, la madre de Natalie fue mejorando y pudieron llevarla a la clínica privada que Angelo le había buscado.

Lachlan también había vuelto por petición propia a la clínica de Portugal, después de que su madre hubiese salido de peligro, decidido a recuperarse de una vez por todas.

Una tarde, Natalie estaba haciendo compañía a su madre cuando esta comentó:

–Me pregunto cuándo va a venir tu padre. Todavía no ha pasado por aquí.

–Mamá, ¿por qué no lo dejas? –le preguntó ella–. Siempre te ha tratado fatal.

–Sé que no lo entiendes, pero yo he sido feliz.

Nunca me ha faltado de nada y no he tenido que trabajar.

–Pero podrías divorciarte de él y seguir teniendo cosas –le dijo Natalie–. No tienes por qué aguantarlo.

–No siempre ha sido tan difícil. Era mejor al principio, cuando me pidió que me casara con él al enterarse de que estaba embarazada. Ambos estábamos seguros de que ibas a ser un chico. Yo me alegré de tener una hija, pero tu padre se lo tomó muy mal. La cosa mejoró cuando nació Liam, pero luego...

A Natalie se le llenaron los ojos de lágrimas. Siempre igual. Siempre la misma angustia, la misma culpabilidad.

–Lo siento... –balbució.

–¿Puedes llamar a la enfermera? –le pidió su madre–. Quiero irme a casa. Estoy harta de estar aquí.

–Mamá, tienes que estar aquí por lo menos un mes.

–Quiero irme con tu padre. No quiero estar aquí –insistió Isla.

Angelo la vio salir de la clínica con el ceño fruncido y supo que algo no iba bien.

–¿Qué ocurre? –le preguntó.

–Nada –respondió Natalie–. No quiero hablar de ello.

–Tatty, tenemos que hablar las cosas –insistió

él–. Sobre todo, las que te disgustan. Es lo que hacen las parejas que funcionan bien. No quiero que haya más secretos entre nosotros.

–Mi madre va a marcharse y yo no puedo impedirlo. No puedo arreglar las cosas.

Él le apartó un mechón de pelo de la cara.

–Tú no tienes nada que arreglar.

–No puedo creer que le importe más su posición social que su salud. No quiere a mi padre. Solo quiere lo que este puede darle. ¿Cómo puede vivir así?

–No todo el mundo quiere lo mismo en la vida. Tienes que aceptarlo, lo que no significa que tú vayas a ser así. Tú puedes hacer las cosas de manera diferente.

Ella entró en el coche en silencio.

–Siento que los problemas de mi familia te roben tanto tiempo –dijo después de un rato.

–No pasa nada –respondió Angelo–. ¿Qué tal tu trabajo? ¿Puedo hacer algo para ayudarte?

–No, lo tengo todo bajo control. Linda me está ayudando mucho. Está emocionada con el proyecto de Sorrento.

–Estoy seguro de que vas a hacer un trabajo extraordinario. Y mi madre está encantada, con eso de que vas a ayudarla a redecorar la casa. Su cumpleaños es la semana que viene y les gustaría que lo celebrásemos los cuatro. Tú no tienes que hacer nada. Le pediré a Rosa, mi ama de llaves, que se ocupe de todo.

Ella esbozó una sonrisa que solo duró un segundo en sus labios.

–Estupendo.

Los padres de Angelo llegaron a Mayfair el viernes por la noche. Natalie había preparado una colección de ropa de casa para regalársela a Francesca, pero a esta lo que más le interesó fue Molly.

–Ven con la abuela –le dijo nada más verla–. Así empezaré a entrenarme para cuando tenga nietos.

Alarmada, Natalie miró a Angelo, pero este estaba sonriendo como si no pasase nada. Ella sintió pánico, claustrofobia.

–Dadnos algo de tiempo –comentó Angelo riendo–. Acabamos de volver de la luna de miel.

–¿Y si yo no quiero tener hijos? –preguntó Natalie.

–No puedes estar hablando en serio –le dijo Francesca.

–No estoy segura de quererlos –admitió ella, ignorando la penetrante mirada de Angelo.

Francesca puso gesto de decepción.

–Pero si hace años que estamos deseando tener nietos –dijo–. Yo solo pude tener un hijo, pero me habría encantado tener cuatro o cinco. ¿Cómo es posible que no quieras darle un hijo a Angelo?

–O una hija –intervino Sandro.

Angelo abrazó a Natalie por la cintura.

–Este es un tema que solo nos concierne a Natalie y a mí.

–Pero tienes que hacer que cambie de opinión, Angelo –insistió Francesca, casi llorando–. Dile lo importante que es para ti. Nuestra familia se terminará contigo si no tienes hijos. No puedes permitir que eso ocurra.

–Para mí lo más importante es Natalie –le respondió Angelo–. Si ella decide que no quiere tener hijos, tendré que respetar su decisión.

Natalie vio la decepción en el rostro de sus suegros y vio que Angelo se ponía serio también. Y se sintió peor que nunca por culpa de su pasado.

La velada transcurrió como habían planeado, pero Natalie se sintió mal al ver que los padres de Angelo estaban disgustados e incómodos.

Había estropeado el cumpleaños de Francesca como siempre lo estropeaba todo.

Era tarde cuando Angelo subió al dormitorio y Natalie sospechó que había estado hablando con sus padres.

–¿Te han dicho que te divorcies de mí? –le preguntó nada más verlo entrar.

–¿Por qué iban a hacer eso? –preguntó él.

–Porque no voy a darles todos los nietos que tanto desean.

–Tatty, creo que deberías intentar ver las cosas con un poco de perspectiva.

–Ya, quieres que vea las cosas desde tu punto de

vista. Piensas que antes o después lograrás convencerme, pero ¿y si eso no ocurre?

–Lo que he dicho abajo era cierto, para mí, eres mucho más importante tú que continuar con mi árbol genealógico.

Natalie deseó creerlo. Quiso confiar en que dos, cinco o incluso quince años después Angelo seguiría diciendo lo mismo. Sabía que la amaba. Se lo demostraba de muchas maneras, lo veía en su mirada. Lo estaba viendo en ese momento.

–¿Por qué no vienes a que te demuestre lo importante que eres para mí? –le preguntó, echándose a un lado la corbata.

Natalie se acercó a él con piernas temblorosas mientras el deseo corría por sus venas cual poderosa droga. Angelo la agarró y la besó apasionadamente.

Sin que sus labios se separasen, la hizo retroceder hasta la cama. La tumbó y empezó a desnudarse mientras la miraba con deseo.

–¿No vas a quitarte la ropa? –preguntó.

–No lo sé –respondió Natalie–. ¿Debería hacerlo?

–Deberías, si no quieres que te la rompa.

Natalie sintió calor entre los muslos.

–Este vestido me ha costado mucho dinero –le dijo–. Y me encanta.

–A mí también me encanta, pero tú me gustas mucho más sin él puesto.

Natalie se estremeció mientras Angelo la ayudaba a girarse y le bajaba la cremallera. Después le quitó la ropa interior y los zapatos.

Intentó girarse, pero él le pidió que se quedase como estaba y Natalie no tardó en notar la deliciosa presión de su erección contra el trasero. Dio un pequeño grito ahogado cuando la penetró. Angelo empezó a moverse deprisa y ella siguió su ritmo. La tensión y el placer fueron creciendo en su interior y no tardó en tener un orgasmo rápido y furioso que la sacudió completamente. Él llegó al clímax poco después.

Pero todavía no había terminado con ella.

La ayudó a girarse y se tumbó encima, sujetando el peso de su cuerpo con una mano mientras con la otra la acariciaba entre las piernas.

–Por favor –gimió Natalie.

–¿Qué quieres?

–A ti.

–¿Cuánto?

–Demasiado.

–Pues ya somos dos –le dijo Angelo, volviendo a llevarla al paraíso.

A la mañana siguiente, Natalie y Angelo despidieron a los padres de este.

–Siempre me van a mirar con esa tristeza, como si hubiese arruinado sus vidas –comentó ella cuando se hubieron marchado.

–No has arruinado la vida de nadie –la contradijo Angelo–. Ya se acostumbrarán.

–¿Y tú, te acostumbrarás tú? –le preguntó Natalie preocupada–. ¿Y si un día tomas a un bebé en brazos y empiezas a odiarme por no querer tener hijos?

Él se puso tenso.

–Creo que es mejor que dejemos este tema para otro momento.

–¿Por qué? ¿He metido el dedo en la llaga? Venga, admítelo. Te he hecho pensar en lo que puede pasar.

–Sigues culpándote por la muerte de tu hermano, cuando la culpa fue solo de tus padres. Tienes que superarlo, Tatty. Tienes que ser feliz por Liam. Estoy seguro de que, si fuese él quien estuviese vivo, no querrías que sacrificase su propia felicidad.

Ella se mordió el labio. Lo que Angelo le estaba diciendo tenía sentido.

–Piénsalo, *cara* –insistió este–. ¿Qué querría Liam que hicieras?

Natalie pensó en un recién nacido, como el de Isabel, pero que se pareciese a Angelo, con su pelo moreno y sus ojos marrones. Pensó en la felicidad de verlo crecer y pensó en lo mucho que fortalecería el vínculo que ya tenía con Angelo. La presencia de Molly ya los había unido mucho, a pesar de ser solo una perrita...

De repente, frunció el ceño y miró a su alrededor.

–¿Dónde está Molly?

Y ambos se pusieron a buscarla. Natalie intentó no sentir pánico, pero recorrió toda la casa y no fue capaz de encontrarla.

–No la veo.

Y aquellas palabras le recordaron otro horrible momento del pasado. Sintió que le ardía el estómago, empezó a sudar y pensó que se le iba a salir el corazón del pecho.

–Seguro que está con Rosa, en la cocina –sugirió Angelo.

–Ya he buscado allí. Rosa no la ha visto.

Él la agarró del brazo para tranquilizarla.

–Tatty, por favor, deja de preocuparte.

Pero ella no pudo evitar pensar que era culpa suya. Notó que le costaba respirar.

–Tatty, tranquilízate.

–¡No me pidas que me tranquilice! –gritó, corriendo hacia el jardín.

Fue a ver a la piscina, pero no había nada en ella. Se agarró la cabeza con ambas manos para intentar controlar el pánico que se había adueñado de ella. Notó que iba a vomitar.

Tenía que encontrar a Liam. Tenía que encontrar a Liam. Tenía que encontrar a Liam.

–Ya la he encontrado.

Natalie bajó las manos y vio a Angelo con Molly en sus manos. Estaba sonriendo.

–Aquí está –le dijo, tendiéndosela.

–No, llévatela –le pidió Natalie–. No la quiero.

–*Cara*, está bien. Estaba en la bodega –le dijo él con el ceño fruncido.

Natalie intentó controlar su respiración, pero seguía sin poder salir del pasado. Solo podía pensar en el cuerpo sin vida de su hermano dentro de la piscina.

–¿Tatty?

Miró a Angelo y no pudo más. Tenía que marcharse de allí. No podía estar allí.

–Tengo que irme –anunció–. No puedo seguir haciendo esto.

–No me dejes otra vez, Tatty.

–Tengo que hacerlo –le dijo ella con lágrimas en los ojos–. No puedo formar parte de tu vida. No puedo darte lo que quieres. No puedo.

–Saldremos adelante.

–¡No puedo!

–Sí que puedes. Lo haremos juntos.

Natalie negó con la cabeza.

–Se ha terminado, Angelo.

–Estás huyendo –le dijo él.

–No estoy huyendo. Estoy recuperando el control de mi vida. Tú me obligaste a volver contigo, no fui yo quien lo decidió.

Él apretó la mandíbula.

–Todavía puedo mandar a Lachlan a la cárcel.

–Pero no lo harás. Jamás lo habrías hecho, y lo sabes.

–Si me conoces tan bien, sabrás que, si te marchas ahora, no querré que vuelvas nunca –le advirtió.

–No voy a volver –le dijo ella, sintiendo un dolor horrible en el pecho.

–Entonces, vete –le dijo Angelo.

Darse la vuelta y alejarse de él era lo más difícil que Natalie había hecho en toda su vida.

«No te marches. Te ama. Es la única posibilidad que tienes de ser feliz. No la pierdas».

Miró atrás una última vez antes de salir por la puerta para volver a Edimburgo. Angelo estaba con Molly en brazos y la expresión de su rostro era indescifrable, pero tenía los ojos húmedos.

Capítulo 11

HE OÍDO que Angelo tiene una amiga nueva –comentó Linda un mes después.

A Natalie le dolió oírlo, pero hizo como si no le importase.

–Me alegro por él.

–Parece muy joven –continuó Linda–. Y se parece a ti. Mira, parece que le encanta la perrita.

Natalie apartó la revista.

–Tenemos que trabajar.

–Sí, pero tendríamos mucho más trabajo si no hubieses abandonado el proyecto de Sorrento. No deberías mezclar tu vida personal con la profesional. Y deberías olvidarte del pasado –le dijo Linda–. Lachlan me lo ha contado.

Natalie frunció el ceño.

–¿Hablas con Lachlan?

–Me llama de vez en cuando para ver cómo estás. Me lo ha contado todo. Está preocupado por ti. Piensa que va siendo hora de que dejes descansar a tus fantasmas, por decirlo de algún modo.

–Estoy bien –respondió Natalie.

–Entonces, ¿por qué no eres feliz? No tienes energía, no comes. Da la sensación de que no duermes. ¿Por qué no te tomas un par de días libres?

Natalie suspiró. Pronto sería el cumpleaños de Liam y le apetecía ir a poner unas flores en su tumba.

–Tal vez vaya a ver a mis padres –comentó–. No estaré mucho tiempo fuera, solo uno o dos días.

–Tómate todo el tiempo que necesites –le dijo Linda, cerrando la revista.

Su madre estaba sola en casa cuando Natalie llegó.

–Podías haber llamado para avisar de que venías –le dijo Isla, que tenía un gin-tonic en la mano.

–No pensé que fuese necesario –comentó ella.

–He oído que Angelo tiene una amante nueva.

–No lo creo. Angelo no es como papá. No me traicionaría así.

–Lo has dejado.

–Lo sé...

–¿Por qué lo has dejado? –le preguntó Isla–. Es rico y guapo.

–Porque no puedo darle lo que quiere. No me veo capaz de tener hijos, después de lo que le ocurrió a Liam.

–No fue culpa tuya –le dijo su madre después de un incómodo silencio–. Si alguien tuvo la culpa, fue tu padre.

Natalie miró fijamente a su madre.

–¿Por qué dices eso?

–Porque me dijo que él cuidaría de Liam y de ti

para que yo pudiese acostarme un rato y lo que hizo fue llamar por teléfono a su amante.

–No entiendo por qué sigues con él, si nunca te ha tratado bien, si no lo amas.

Isla arqueó una ceja.

–¿No estarás tú enamorada de tu marido? –le preguntó–. Venga, Natalie, admite que lo que te gusta de él es su dinero y lo que puede darte.

–A mí me encanta todo en mi marido –replicó Natalie–. Su amabilidad, que me quiera, su sonrisa, sus ojos. Sus manos. Me encanta todo él. Incluso su familia, que no es egoísta y superficial, como la mía. Y lo amo. ¿Me has oído? Lo amo.

–Estás loca, Natalie –le dijo su madre–. Te romperá el corazón. Es lo que hacen todos los hombres. Te embaucan y después te dejan.

–Me da igual que me rompa el corazón.

En ese momento se oyó una puerta y apareció su padre.

–¿Cómo tienes el valor de presentarte aquí? –inquirió este–. ¿Sabes qué día es hoy?

Natalie se puso muy recta.

–Lo sé y, de hecho, voy a ir al cementerio a ver a Liam, pero quiero que sepas que, cuando salga de allí, no me voy a llevar conmigo el peso de la culpa. Porque la culpa fue tuya. Liam querría que fuese feliz y voy a serlo.

–Lo mataste. Tú lo mataste –la acusó su padre.

–Yo no lo maté –replicó ella–. Era demasiado pequeña para ocuparme de él. Ese era tu deber, pero estabas demasiado ocupado hablando con una de tus amantes para cumplir con él.

Su padre se puso rojo.

–¡Vete! –exclamó, señalando la puerta–. ¡Vete de aquí antes de que te eche yo!

–No tienes valor para echarme porque eres un cobarde. Un cobarde que lleva años escondiéndose detrás de una niña inocente, pero yo no voy a seguir cargando con tu culpa. Me dais pena, mamá y tú. Habéis desperdiciado vuestras vidas. No sabéis cuál es el significado de la palabra amor.

–Yo te quiero, Natalie –le aseguró su madre, dejando la copa que tenía en la mano–. Siempre te he querido.

Natalie la miró con desprecio.

–¿Y dónde has estado toda mi vida? –le preguntó antes de salir por la puerta.

Angelo llevaba un mes intentando olvidarse de Natalie, inmerso en su trabajo, aunque había perdido interés en levantar un imperio que no podría compartir con ella.

Solo le importaba ella, le daba igual no tener hijos.

Había querido pedirle que volviese, pero sabía que tenía que dejar que tomase la decisión sola.

–¿*Signor* Bellandini? –le dijo Rosa, apareciendo en la puerta del jardín–. Tiene visita.

Él frunció el ceño, molesto.

–Dile que se marche. Ya te he dicho que no quiero que nadie me moleste en casa.

–En este caso, creo que le va a gustar la sorpresa –le dijo Rosa.

Angelo levantó la vista y vio a Natalie. Y Molly salió corriendo hacia ella, sacudiendo el rabo frenéticamente.

Natalie la tomó en brazos y la apretó contra su pecho.

–Te ha echado de menos –le dijo Angelo sin poder evitarlo.

–Y yo a ella –admitió Natalie.

–¿A qué has venido? ¿A que firme los papeles del divorcio? –le preguntó él con cautela.

Natalie lo miró a los ojos.

–No, he venido porque quería decirte... que te quiero. Quería habértelo dicho hace tiempo, pero no sabía cómo. No era capaz de encontrar las palabras. Las tenía dentro, pero no podía sacarlas.

Él tragó saliva, tenía un nudo en la garganta.

–¿Por qué ahora? ¿Por qué no hace un mes?

–He hablado con mis padres. No sé si voy a poder perdonarlos algún día. Sé que ahora estás saliendo con alguien, pero quería decirte lo que siento... porque...

–No salgo con nadie, era solo una entrenadora de perros, y bastante mala, la verdad.

A Natalie le brillaron los ojos, los tenía llenos de lágrimas.

–Es fácil cuidar de un perro. Los niños son más

complicados, pero reconozco que un perrito es una manera de empezar.

Angelo abrió los brazos y ella se acercó y se metió entre ellos.

–No tenemos por qué precipitarnos –le dijo él–. Soy feliz solo con tenerte otra vez en mi vida.

–Siento habértelo hecho pasar tan mal –le respondió Natalie–. Te quiero mucho y no soportaría volver a perderte.

Él la miró con ternura.

–¿Crees que es demasiado pronto para tener una segunda luna de miel? –le preguntó.

Natalie se puso de puntillas y lo abrazó por el cuello.

–¿Es que la primera se ha terminado ya? –le preguntó.

Él sonrió y la tomó en brazos.

–Acaba de empezar –respondió, llevándola al interior de la casa.